미미상美味傷

## ROMAN COLLECTION 015

# 미미상 美味傷

초판 1쇄 인쇄 2020년 7월 1일
초판 1쇄 발행 2020년 7월 10일

지은이 권정현
펴낸이 이수철
주 간 하지순
교 정 박기효
디자인 권석중
마케팅 안치환
관 리 전수연

펴낸곳 나무옆의자
출판등록 제396-2013-000037호
주소 (03970) 서울시 마포구 성미산로1길 67 다산빌딩 3층
전화 02) 790-6630 팩스 02) 718-5752
페이스북 www.facebook.com/namubench9
인쇄 제본 현문자현

ISBN 979-11-6157-104-1 04810
ISBN 979-11-86748-04-6 (세트)

* 나무옆의자는 출판인쇄그룹 현문의 자회사입니다.
* 이 책의 전부 또는 일부 내용을 재사용하려면
  사전에 저작권자와 도서출판 나무옆의자의 동의를 받아야 합니다.
* 이 도서의 국립중앙도서관 출판예정도서목록(CIP)은 서지정보유통지원시스템
  홈페이지(http://seoji.nl.go.kr)와 국가자료공동목록시스템(http://www.nl.go.kr/kolisnet)에서
  이용하실 수 있습니다. (CIP제어번호 : CIP2020025959)

ROMAN
COLLECTION
015

# 미미상
## 美味傷

권정현 소설

나무옆
의자

최창학 선생님을 기억하며

# 차례

# 1

처음 보았을 때 그것은 정의할 수 없는 무엇이었다.

만약 누군가 그것의 정확한 의미를 묻는다면 나는 제대로 대답하지 못할 것이다. 단지 그것에 불과할 뿐이었으니까. 아침에 마른세수를 하고 나와 집 주변을 산책하다가 멍한 상태로 바라보게 되는 사물들, 나는 단 한 번도 그런 풍경에 '무엇'이라 이름 붙인 적이 없다. 이를테면 글 잘 쓰는 작가들이 현란한 붓놀림으로 '거미줄에 얽힌 아침 햇살'이니 '보도블록에 끼인 새싹' 같은 것들을 찾아내거나 담벼락에 아무렇게나 쓰인 '영희와 철이' 같은 철부지 낙서와 간밤 누군가의 토사물이 맨드라미를 더럽히고 있는 풍경을 보고 한탄할 때, 나는 그냥 풍경을 무심하게 관조

하는 쪽을 택하는 것이다.

나는 그것을 지난주 토요일에 처음 만났다. 만났다, 라는 말은 약간의 어폐가 있다. 그것을 주웠기 때문이다. 주웠다, 라는 말은 그러나 정확하지 않다. 발굴했기 때문이다. 발굴하기는 했지만 그것은 사람의 손길이 닿지 않는 곳에 버려져 있었다. 그러므로 그것은 어떤 우연에 의해 내게 왔다고 보는 게 타당하다. 아무것도 아닌 무엇이었으니까. 누군가 이삿짐을 옮기다가 두고 갔거나 놓아둘 곳이 없어 잠깐 마당 한쪽에 던져놓았거나 아니면 그냥 태초부터 거기 있었는지도 모르겠다. 오랜 옛날부터 그 자리에 눌러앉아 인간처럼 간빙기를 견뎠거나, 인간들이 제멋대로 이름을 부여하고 필요에 따라 침대 밑으로 옮겨 열심히 쓰다듬다가 버렸거나 잊어버렸거나 아니면 사랑의 증표로 의미를 부여한 뒤 나중에 의미를 망각하게 되었을 때 다른 물건과 함께 버렸을 것이다.

우선 그 물체를 발견하기 직전 내게 일어났던 일, 혹은 감정 상태를 간단히 설명해야 할 듯하다. 나는 경험한 적 없는 분노에 휩싸여 있었다. 분명한 대상이 존재하지 않는 분노였다. 대상이 없었으므로 마땅히 화를 풀 곳을 찾지도 못했다. 자주 허공을 보았고 바닥을 보았고 한숨을 쉬었다. 내가 할 수 있는 항의의 몸짓이라곤 고작 그뿐이었다. 그것은 단절이 주는 공포였다. 더는 한 존재와 눈을 맞출 수 없다는 슬픔, 더는 그 존재와 이 골목에 대하여, 이 나라에 대하여, 함께 밥을 먹는 기쁨에 대하여 말할 수 없다는 불안, 영원히 침묵해야 한다는 암담함, 두 사람 사이에 생겨난 언어의 영혼이 상실되고 그동안 쌓아 올린 말의 탑들이 무너져 추락을 거듭할 운명을 받아들여야만 하는 현실, 이런 상황에 어울리는 감정에 사로잡혀 맥줏집 2층에 맥없이 앉아 창밖 횡단보도를 내려다보고 있었다. 거리에 느닷없이 싱크홀이 생겨 지나가던 사람들이 구덩이 속으로 죄 처박히는 상상을 하면서.

나 혼자만 고독해야 할 이유가 없다는 것, 나 혼자만 슬픔에 잠길 이유가 없다는 것, 이는 얼마나 행복한 상상인가. 웃고 떠드는 저 거리의 인간들이, 이를테면 통닭집 앞에 의자를 내어놓고 앉아 침을 튀겨가며 정치 얘기를 하는 인간들과, 제 마누라와 딸을 위해 퇴근길에 비닐봉투가 터지도록 뭔가를 사서 집으로 가는 인간들, 커피숍에 한 자리씩 차지하고 앉아 주변을 한껏 의식하며 노트북 따위를 타닥거리는 인간들, 가장 예쁜 각도로 설정해 찍은 제 낯짝과 맛깔스러운 음식과 아메리카노 한 잔과 새로 산 가방 따위를 은근슬쩍 엮어 SNS에 올리는 인간들, 학원 앞에 진을 치고 제 자식을 차에 태우기 위해 기다리는 부모들, 하늘 높은 줄 모르고 치솟은 아파트 거실에 앉아 그런 인간들을 내려다보는 중늙은이들에 이르기까지, 그 모든 인간들이 땅속으로 영문도 모르게 폭 꺼져버리는 것이다.

그 순간 참을 수 없이 소변이 마려웠다. 이 작은 사건으로 인해 나는 몸을 일으켜 거리로 나섰다. 사람이라면 누구나 겪는 생리현상이지만 그날은 좀 심각했다. 평소 주량은 맥주 한두 병이었다. 술을 즐겨 마시지도 않았다. 누구보다 단순한 삶을 살아왔다. 소설가라는 문패를 걸어놓고 1~2년에 한 권씩 책을 내긴 했지만 그다지 유명한 작가도 아니었다. 생계를 위해 주 4일 강의를 나가는 학원에서 인기도 없고 학생들이 별로 호응을 보이지도 않는 물리를 매일 두세 차례씩 가르쳤고, 집으로 돌아와 샤워를 한 뒤 기네스 맥주 한 병을 홀짝거리며 아고타 크리스토프 혹은 클라리시 리스펙토르의 소설을 읽거나 유튜브에 접속하여 '먹방' 따위를 보다가 잠드는 생활을 반복하고 있었다. 주말에는 마치 그래야 하는 것처럼 달을 만나 지루한 영화를 보았고 영화가 끝나면 단골집으로 가 저녁을 먹었다. 한 달에 한번꼴로 근교 드라이브도 빼놓지 않았다. 기분이 괜찮은 날에는 우리 집으로 와서 함께 잤다.

그녀가 갑작스럽게 헤어지자고 문자를 보내왔을 때 나는 퀸의 〈위 윌 록 유We Will Rock You〉를 흥얼거리고 있었다. 나는 그 노래를 인터넷으로든 음반으로든 결코 들은 기억이 없다. 철원 에서 군 생활을 할 때 훈련을 끝마치고 돌아온 내무반에서 대검 으로 침상을 두드려가며 끝내주게 불러대던 후임병을 존중했기 때문이다. 노래가 절정에 이르면 전 소대원이 군홧발로 침상을 구르며 후렴인 '위 윌 록 유'를 외쳐댔다. 그 모습이 얼마나 장관 이고 얼마나 가슴을 뜨겁게 했는지는 오직 경험한 자들만이 느 낄 수 있는 감정이니 더 이상의 설명은 패스. 그런 후임병이 어느 2월에 군화 줄로 목을 매지만 않았어도 나는 '위 윌 록 유'를 들 먹이지 않았을 것이다. 그러니까 나는 원곡의 의미 따위는 몰랐 다. '위 윌 록 유'라는 소리만 들으면 혀를 내민 후임이 떠올랐고 후임병이 떠오르면 화장실 처마 밑에 대롱대롱 매달렸던 시신 의 이미지가 선명하게 내 동공으로 기어들어와 똬리를 틀었다. 군화로 침상을 구르며 불러대던 흥겨운 노랫가락과 죽음이 결 코 어울릴 수 없는 양극에 있음에도 말이다.

세상의 크고 작은 사건들은 언제나 치밀하게 짜인 인과의 고 리를 통해 한 인간을 바닥으로 처박는다. 평소와 다름없는 어느 오후였다. 나는 어제와 다름없이 GS 편의점에서 도시락을 사 들 고 와 전자레인지에 돌렸고 냉장고에 넣어둔 맥주를 꺼냈다. 그런데 갑자기 그 리듬이 발밑에서 쿵, 쿵 진동을 했다. 나는 발을 구르며 '위 윌 록 유' 하고 읊조렸다. 그러면서 도시락 포장을 뜯었고 생수병에서 물을 따라 식탁에 올렸다. 오늘 하루도 살아 있다는 사실에 안도하면서 꾸역꾸역 돈가스 조각을 목구멍으로 씹어 넘길 때 어떤 예감처럼 이별, 어쩌고 하는 달의 문자가 답지했던 것이다. 나는 쿨하게 알았다고 대답했다. 이미 오래전부터 우린 그러기로 약속이 돼 있었다. 그녀가 그만 떠나겠다고 할 때 보내주는 것, 그녀보다 열 살이나 많은 나는 그래야 하는 사람이었고 원치 않는다 해도 뾰족한 방법이 없었으며 심지어는 이제 슬슬 권태로운 관계로 접어들고 있었으므로 그녀의 문자는 내 영혼에 그다지 충격을 주지 못했다. 나는 끝까지 밥을 먹었고 〈위 윌 록 유〉를 부르던 후임병의 기억을 지웠고 내일 강의해야 할 단원을 떠올렸으며 달이 내게 주었던 몇몇 선물과 편지 꾸러미를 찾아내 쓰레기통에 던졌고 언젠가 그녀와 세트로 맞췄던 패딩을 꺼내 어깨에 대충 두른 채 밖으로 나와 헌옷수거함에 쑤셔 박았다. 다시는 기억하지 않기 위하여.

그런데 날이 추웠다. 몸을 움츠리고 있는데 헌옷수거함 바로 옆 건물에 자리 잡은 '세계맥주전문점' 간판이 눈에 띄었다. 마치 구원의 빛 같았다. 언젠가 달과 한번 가본 곳이기도 했다. 거기, 그녀가 있을 리 만무했지만 나는 조심조심 계단을 올라가 안주도 없이 맥주를 주문하여 마셨다. 손님은 나밖에 없었다. 나는 주인에게 부탁하여 〈위 월 록 유〉를 틀어달라고 부탁했다. 주인은 흔쾌히 노래를 찾아주었다. 그날 처음으로 나는 후임병의 목소리가 아닌 퀸의 원곡을 들을 수 있었다. 맥주가 세 병째 목으로 넘어갈 때 눈시울이 뜨거워졌다. 주인이 이쪽을 보는 것 같아 냅킨으로 코를 풀고 벽으로 고개를 돌렸다. 탁자에 발을 올리고 술병으로 탁자를 쳐가며 〈위 월 록 유〉를 부르고 싶었지만 간신히 참았다. 계산을 치르고 밖으로 나왔을 땐 새벽 2시가 넘어가고 있었다. 휴대전화를 꺼내 문자를 확인해보았지만, 어떤 문자도 들어와 있지 않았다. 휴대전화를 내던졌다. 액정이 깨진 휴대전화를 발로 밟으며 퀸의 그 노래를 자꾸 불렀다. 누군가를 죽이고 싶은 밤이었다.

가로등 밑에 딱딱하게 굳어 있는 내 그림자가 어느 날보다 초라해 보였다. 나는 그림자를 발로 짓밟았다. 내 몸의 기울기에 따라 그림자는 스러지고 접히고 다시 일어났다. 인간은 결코 완벽할 수 없다. 그러므로 내가 살의를 품은 것은 정당했다. 어쩌면 인간들은 매일 나와 똑같이 전의를 불태우고 있는지도 모른다. 매일 누구 하나씩을 죽이는 꿈을 꾸고 있는지도 모른다. 그러나 아침 알람 소리에 눈을 뜨면 날카로운 칼 한 자루를 침대 밑에 숨기고 사는 자객들처럼 거울을 바라보며 억지웃음을 짓는 연습부터 해야 한다. 양치를 하고 세수를 하고 물을 마시고 용변을 보고 간밤의 카톡과 문자에 답장을 보내며 오늘 거쳐 가야 할 길과 만나야 할 사람과 해야 할 말을 미리 머리에 담고 예습 복습하며, 간밤에 심장을 찔러오던 살의의 근원이 실은 타인의 그림자였음을 발견한다. 누군가 수없이 내게 겨누었던 칼날들…… 내 살의는 그들의 살의에 초라하게 맞서던 정당한 의지의 발로였다. 우린 모두 같은 칼 한 자루씩을 들고 상대를 겨누고 있었던 것이다. 그 칼은 오로지 상상 속에서 서로를 베고 죽인다. 그런 생각을 하자 방광이 참을 수 없이 부풀어 올랐다.

　나는 오줌을 참으며 걸었다. 왠지 그래야 할 것 같았다. 의도하지 않았는데도 발걸음은 그녀가 사는 집 쪽으로 향했다. 몇 개의 식당과 초등학교와 던킨도너츠 가게와 횡단보도와 약국과 빵집과 중국집과 꽃집을 지나야 했다. 걸어서 10분쯤 걸리는 곳이었다. 언젠가 이런 날이 오리라, 예감하고 있었으므로 얼굴을 찌푸리지는 않았다. 마지막으로 한 번 그녀의 집 근처로 가보고 싶었을 뿐이다. 나를 사랑해준 사람에 대한 일종의 예의 같은 것이었다. 평소 자신을 꽤나 이성적인 사람이라고 자부해왔지만 머릿

속이 복잡했다. 혹시 그녀에게 들키기라도 하면 어쩌지? 하지만 이미 자존심은 바닥에 내던진 터라 나는 계속해서 그녀와의 거리를 좁혀갔다. 골목엔 인적이 끊겼고 한 블록 떨어진 4차선 도로로 이따금 택시들이 피용, 소리를 내며 지나갔다. 가로등은 하나 건너 하나씩 고장이 나 있었다. 마침내 그녀의 집이 보이는 곳에 이르자 나는 고장 난 가로등 밑에 비틀거리던 몸을 세웠다.

우리가 공터라고 부르던 그 장소는 누군가 집을 지으려고 터를 닦다가 버려둔 곳으로 잡초와 쓰레기들의 무덤이었다. 한쪽에는 향나무 몇 그루가 서 있었다. 그녀를 바래다줄 때마다 마지막 포옹을 나누던 곳이었다. 그녀의 집은 공터 뒤편, 그러니까 공터와 인접해 있는, 붉은 벽돌로 지어진 5층 빌라의 3층이었다. 나는 여느 날과 다름없이 공터에 서서 그녀가 사는 3층을 올려다보았다. 그녀의 방에는 불이 꺼져 있었다. 내게 문자를 보낸 직후 잠이 들었을 것이다. 그런 짐작이 들자 짜증이 났다. 2년이라는 시간을 함께 보낸 사람과 단절한 첫날이었다. 그런데 아무렇지도 않게 잠들 수 있을까? 나는 그 여자의 태연함에 진저리를 쳤다. 하지만 내가 할 수 있는 일은 아무것도 없었다. 나는 바지 지퍼를 열고 공터와 붉은 벽돌 빌라의 경계 지점에 오줌을 누었다. 방광이 약해졌는지 아니면 전립선에 이상이 생겼는지 30대를 넘긴 뒤부터는 평소에도 자주 오줌이 마려웠다.

그녀는 자신의 휴대전화에 내 이름을 '노상방뇨 전문가'로 저장해놓았다. 방광이 안 좋은 내가 수시로 오줌 눌 곳을 찾아 주변을 두리번거렸기 때문이다. 그녀는 내가 사라질 때마다 깔깔거렸다. 나는 그 별명을 썩 마음에 들어 했다. 본격적으로 사귀기 전까지 그녀는 휴대전화에 내 이름을 '선생님'이라고 저장해놓았다. 나는 그것이 늘 불편했다. 우리는 거의 매일 통화를 했고 하루에 수십 통의 문자와 카톡을 주고받았으므로, 부모님과 같이 사는 그녀가 나와 주고받은 통화와 문자를 들킬 가능성이 컸기 때문이다. 이를테면 휴대전화를 두고 잠깐 욕실에라도 간 사이, 거실 탁자에 올려둔 전화기 말풍선에서 '사랑해'라거나 '보고 싶으니 당장 와줄래?' 같은 문자가 선생님을 발신인으로 하여 떠오른다면 걱정하지 않을 부모는 없을 것이었다. 더구나 나는 학부형 상담이라는 명목으로 두 차례나 그녀의 어머니를 본 적이 있다. 물론 7년도 더 지난 일이라 그녀의 어머니가 나를 기억할지는 모르겠지만.

노상방뇨 전문가가 되고 나서 나는 더 자주 그녀에게 연락했다. 표현 수위도 높아지고 과감해져서 '오늘 너랑 있고 싶어'라거나, 그녀가 좋아하는 시나리오대로(역할극을 좋아했다) 오늘

지하철 전동차에서 우연히 지갑을 주운 사람인데 지갑을 돌려줄 테니 내 집으로 와달라는 따위의 우스꽝스러운 카톡 문자를 보냈다. 그녀의 부모가 설령 그런 문자를 본다고 해도, 적어도 한때 그녀의 선생님이었다는 내 신분이 들통 날 리는 없다는 생각 때문에 더 그랬던 것 같다. 아무튼 내가 문자를 보내면 그녀는 마치 연락을 기다리기라도 한 사람처럼, 부모가 잠들기를 기다렸다가 내가 좋아하는 치마를 골라 입고 대충 눈썹만 그린 채 10분도 안 돼 내 방 문을 두드렸다. 그러면 나는 못 이기는 척 문을 열어주면서 정중하게 아까 지갑 잃어버린 분이세요? 같은 대사를 해야 했고, 그렇다고 대답하면 밤이 늦었으니 잠깐 들어와서 차나 한잔 하고 가시라거나, 내일 아침 차로 집까지 데려다 드릴 테니 오늘은 여기서 푹 자고 가시는 게 어떻겠냐는 말을 꺼내 그녀의 승낙을 구해야 했다.

과정은 좀 복잡하고 우스꽝스러웠지만 의외로 사랑을 나누는 시간은 길지 않았다. 이미 역할극을 할 때부터 혼자 감정에 몰입해 있던 그녀는 시작과 동시에 오르가즘을 느끼고는 그만하라며 내 등짝을 때리곤 했으니까. 때문에 나는 그녀의 몸에 들어갈 때마다 조심조심 길을 냈고 그녀가 절정에 도달했다는 신호를 보내는 순간 연주를 마치듯 조용히 움직임을 멈추어야 했다. 하지만 나는 그다지 불만을 품지 않았다. 더 몸을 움직여봐도 사정이 되지 않았기 때문이다. 솔직히 말하자면 그녀와는 좀처럼 사정에 이르지 못했다. 좀 우스운 얘기지만 나는 사정하는 섹스를 좋아하지는 않는다. 나는 그녀에게 위로 받고 그녀를 품에 안고 있거나 손을 잡고 걷는 것에 더 매력을 느꼈다. 이런 행동은 그녀가 나를 떠나가게 한 여러 요소 중 하나일 터였다. 말하자면 그녀는 인생의 친구이자 반려 같은 사람이었지 순간의 외로움을 달랠 섹스 상대가 아니었다.

소변을 보는 동안 내 시선은 그녀의 창문에 고정돼 있었다. 그녀의 방은 갓 태어난 행성처럼 어떤 침묵 속에 가라앉아 있었다. 우리가 무심코 바라보는 은하의 한 지점, 그 작은 미지의 공간에서 매일 수백 수천 개의 행성들이 생멸한다. 그녀의 방은 그런 종류의 침묵, 그런 종류의 암흑에 잠겨 있었다. 소리라도 지르고 싶었지만 그럴 수 없었다. 불 꺼진 이웃들의 방은 종교 경전의 페이지처럼 엄숙한 분위기를 자아냈다. 내 오줌 줄기만이 힘없이 흙을 두드리고 있었다. 그것은 끊어질 듯하면서도 끊어지지 않고 계속해서 내 몸 속의 노폐물을 비워냈다. 나는 '위 윌 록 유'라고 읊조려보았다. 지금 이 순간 어떤 노래로도 저 침묵을 깰 수는 없을 것이다. 앞으로 깊은 고독에 침잠할 저 작은 방이 수많은 상징과 사건을 압착한 채 조용히 나를 내려다볼 뿐이었다. 나는 후우 한숨을 쉬고는 고개를 끄덕끄덕했다.

참았던 오줌을 누고 나니 마음이 어느 정도 누그러졌다. 바지 지퍼를 올리며 다시는 여기 오지 않겠다고 마음먹었다. 아침 드라마의 한 장면을 연출하며 마지막으로 그녀가 사는 빌라를 눈동자에 담았다. 저녁마다 가족들의 눈을 피해 몰래몰래 바래다주던 공간이었다. 그녀가 집으로 돌아간 뒤 어두웠던 창문에 불이 환하게 켜지면 설명할 수 없는 안도감에 내 얼굴에는 저절로 미소가 걸리곤 했지. 내가 가지 않고 서 있을 땐 어떻게 알았는지 창문을 열고 잘 가라는 의미의 손동작을 하기도 했다. 만난 지 100일이 되던 날에는 돌아서는 내게 전화를 걸어 다시 돌아서게 한 뒤 정성껏 쓴 편지를 종이비행기로 접어 날려 보내기도 했다. 공터 쓰레기 더미에 처박힌 편지를 집으로 가져와 오물을 닦아낸 뒤 헤어드라이어로 말렸던 기억도 새롭다. 모두 불과 1~2년 사이에 벌어진 일이다. 나는 눈을 찡그리며 담배 한 개비를 꺼내 천천히 태웠고 꽁초를 공터에 버렸다. 다시는 그녀의 이름을 입밖에 내지 않으리라 다짐하며.

그러다가 그것, 아니 너를 보았다.

## 2

　그것은 빌라 1층 창문 밑, 건물과 공터의 경계에 묻혀 있었다. 처음 보았을 때 흙에 파묻혀 있어서 무엇인지 감을 잡을 수 없었다. 더운 김이 솟고 있는 것으로 보아 오줌 줄기가 흙을 두드리면서 땅속에 있던 그것을 먼 과거로부터 소환한 듯했다. 우연치고는 이상한 우연이었다. 나는 바둑알처럼 작고 흰 그것을 이웃들이 깨지 않게 조용히 건드려 보았다. 제 존재가 결코 가볍지 않다는 사실을 보여주기라도 하듯 그것은 미동도 하지 않았다. 지구 중심 깊은 곳에 제 존재를 숨겨둔 채 아주 잠깐 세상에 눈 하나를 넌지시 꺼내놓은 것 같았다. 오래전부터 이런 날을 기다려왔다는 듯이, 중생대로부터 수만 년 변태의 과정을 거쳐 지표면으로 제 존재를 밀어 올린 호박琥珀 속 어느 곤충강昆蟲綱처럼.

자세를 낮추고 그것의 표면을 살살 문질렀다. 희고 매끄러웠다. 손톱에 약간의 석회질이 끼는 느낌이었다. 분필가루 같았다. 내 몸의 뼈대 한 곳이 삐걱거릴 때 떨어져 나온 부스러기 같았다. 손으로 몇 번 문지르자 표면이 더욱 희게 반짝였다. 나는 왕릉을 뒤지는 소심한 도굴꾼처럼 손바닥 전체로 그것이 얼마나 깊이 파묻혀 있는지를 확인해 들어갔다. 자신의 정체에 대해 그것은 어떤 힌트도 건넬 생각이 없어 보였다. 최초로 계란을 만난 인간이 그것을 깨뜨리기 전에는, 그 안에 노른자와 흰자가 서로 구분되어 질서 정연하게 자리 잡고 숨어 있음을 알 수 없는 것처럼, 겹쳐진 두 세계가 합심하여 온 집 안에 먹음직스러운 냄새를 피울 수 있다는 사실을 뒤늦게 자각하게 되는 것처럼, 아직은 무언지 모르겠지만 그것은 계속해서 딱딱한 촉감만으로 말을 걸어왔다. 여기서 무얼 하고 있지? 집으로 돌아가 맥주나 마시는 게 낫지. 뜨거운 물로 샤워를 하고 깊이 잠들었다 일어나고 싶었다. '록 유'를 쿵쿵거리다가도 군화 끈으로 제 목을 맬 수 있는 게 인간이었다. 인간을 극단으로 몰아가는 그것들은 질서 밖에서 제멋대로 세계를 농락한다. 아무리 지우려고 해도 인간의 몸에 달라붙어 연골들을 파먹으며 자멸하곤 했다. 방금, 나의 오줌 줄기에 비로소 세상에 모습을 드러낸 저 희고 이상한 물체처럼, 그것은 시간이 왜곡해놓은 허물이었다. 그런 못된 기억들이 리듬을 타면서 쿵쿵 차, 쿵쿵 차, 자꾸 내 등뼈를 울려댔다.

10분이 넘도록 그것을 끄집어내기 위해 애썼지만 뜻대로 되지 않았다. 나는 주변에 널린 깨진 유리를 이용해 심마니처럼 지극 정성으로 땅을 파 들어갔다. 유리 조각으로 조심스럽게 흙을 걷어내자 그것의 윤곽이 조금 더 선명해졌다. 5센티미터쯤 되는, 길고 가느다란 물체는 놀랍게도 인간의 손가락이었다. 아니 손가락 뼈였다. 아니 손가락뼈와 똑같이 생긴 단단한 무엇이었다. 그것이 진짜 뼈일 리는 없다고 생각했으므로 주변의 흙을 더 파헤쳤다. 잠시 후 팔뼈 하나가 다 드러났다. 나는 이상할 정도로 집념을 품고 계속해서 흙을 파냈다. 아마도 술이 나를 그렇게 만들었을 것이다. 유리 조각만으로는 그것을 완전히 파낼 수 없다는 판단이 들었을 때 공터를 샅샅이 뒤져 망가진 우산을 찾아냈다. 우산대의 뾰족한 부분을 이용하자 흙을 파내는 일에 속도가 붙었다. 뭐라 정의 내릴 수 없는 기이한 열정이었다.

땅에 묻힌 무엇을 캐낸다, 나는 그날 그 순간까지 이런 행위의 의미를 진지하게 생각해본 적이 없다. 이와 관련한 최초의 기억이란 겨울철에 무를 보관하는 구덩이에서 흙을 털어내며 흰 무를 꺼내던 엄마의 차분한 인상뿐이다. 땅에서 무엇을 꺼낸다는 것은 자의든 타의든 누가 무언가를 파묻었다는 얘기다. 엄마는 아버지가 죽은 뒤에도 아버지가 젊은 날 파놓았다는 무 구덩이를 소중하게 다루었다. 치매가 온 엄마가 무 구덩이 속에서 발견되었다는 여동생의 전화를 받고 달려 내려갔을 때, 나는 내가 태어난 이듬해에 아버지가 300개나 되는 무를 땅속에 보관하기 위해 삽으로 하루 종일 구덩이를 파는 장면과, 그런 아버지를 위해 밀가루 반죽을 밀고 애호박을 숭숭 썰어서 칼국수를 끓여내는 엄마의 모습을 떠올리며 슬픔에 잠겼다. 시간이 흐르면서 그것은 불변하는 어떤 진리처럼 내게 두 사람을 상징하는 사건이 되었다. 아버지가 먼저 떠나고 엄마가 뒤를 따르는 형식을 취했지만 두 사람은 무 구덩이라는 하나의 공간을 공유하며 시공을 벗어나 자유롭게 소통하고 있었던 것이다.

　그것 말고도 어머니를, 아니 엄마를 기억할 때 조건반사처럼 떠오르는 것이 더 있다. 엄마가 누구보다 열렬한 텔레비전 중독자였다는 사실이다. 밭일을 하거나 가족을 위해 요리를 하거나, 기타 지역사회와 관계된 모임에 나갈 때를 뺀 대부분의 시간 동안 엄마는 텔레비전 앞에 앉아 있었다. 심지어는 치매가 온 뒤에도 텔레비전 앞에 앉아 끝없이 무언가를 먹으면서 시선을 고정했다. 특히 엄마가 즐겨 본 프로그램은 홈쇼핑 채널, 그중에서도 여행 상품 안내였다. 엄마는 단 한 번도 구매 버튼을 누른 적이 없지만, 그것을 누르는 방법을 알 리도 없었겠지만, 여동생의 증언에 의하면 허구한 날 텔레비전 앞에 앉아 유럽과 인도, 아프리카를 여행하고 우주정거장에서 지구를 관찰했으며 북극에 산다는 일각고래를 만나기도 했다. 엄마는 자신이 본 것을 즐겨 이야기해주었다.

"나는 정말 이해가 안 간다. 저 고래 말이다."

어느 해 추석이었다. 시골로 내려간 나는 엄마와 시간을 보내기 위해 아궁이 불에 구운 고구마를 까먹으며 엄마와 같은 자세로 텔레비전 앞에 앉았다.

"고래가 왜?"

나는 반 건성으로 물었다.

"저게 뿔인가? 창 같기고 하고. 뭐 저런 고래가 다 있냐?"

"신기하긴 하네. 근데 고래가 왜⋯⋯."

"난 저 추운 바닷물 속을 몇 톤도 넘는 놈들이 살아서 돌아다닌다는 게 아무리 생각해도 이해가 안 가. 현실이 아닌 것 같아. 저 큰 덩치로 새끼를 낳고 젖을 먹인다니, 참 기가 막히지⋯⋯."

엄마는 일각고래가 돈키호테처럼 5미터나 되는 창을 앞세우

26

고 파도를 넘어갈 때마다 중얼거렸다. 홈쇼핑 채널에선 크루즈 선을 타고 떠나는 북극 여행 상품을 할인 판매 하고 있었다. 희고 웅장한 크루즈선이 얼음을 뚫고 북극해로 나아간다. 갑판에 나온 사람들은 여유롭게 선탠을 즐기거나 푸른 바다를 감상한다. 동시에 일각고래가 긴 뿔을 앞세운 채 헤엄치는 장면이 크루즈 선의 항해와 연이어 겹쳐졌다. 할 수만 있다면 고래를 주문하고 싶어 한다는 걸 나는 엄마의 무심한 표정에서 읽어냈다. 일각고래의 머리에 왜 그토록 길고 뾰족한 뿔이 매달려 있는지 생물학자들은 설명하지 못한다. 그러나 알려진 것과 달리 일각고래의 머리를 뚫고 자라난 뿔은 엄밀히 말해 뿔이 아닌 이빨이다. 학자들은 공작새의 깃털처럼 구애의 수단으로 뿔이 진화한 것이라고 추측할 뿐이다.

치매가 심해진 뒤 자주 무 구덩이로 들어갔던 엄마와 일각고래의 이미지는 어떤 연관성도 없다. 그럼에도 시간이 지날수록 내게 남은 엄마의 이미지는 일각고래와 무 구덩이로 압축되었다. 지금도 나는 이유를 잘 모르고 있는데, 부모님이 5년이라는 시간을 두고 차례로 돌아가신 뒤 동생이 남편과 함께 마당의 무 구덩이를 메워버렸을 때, 나는 특별한 이유도 없이 화를 내서 동생을 당황하게 만들었다. 마치 무 구덩이가 나의 소유물인 것처럼 굴었는데, 어떤 성지처럼 눈에 보이는 실체로 남아 있길 바랐던 것 같다. 그 뒤에도 지치고 힘들 때마다 문득문득 무 구덩이를 떠올렸고 그곳에 발을 뻗고 누워 바깥 소리와 차단된 채 며칠이고 동면하는 상상을 하곤 했다.

한 시간쯤 지나자 묻혀 있던 존재가 완전히 드러났다. 그것은 해골이었다. 왜 이런 게 여기 있지? 어이가 없었다. 이런 물건은 무덤이나 과학 실험실에 있어야 한다고 알고 있다. 내가 아는 한, 해골은 아무렇지도 않게 도시 뒷골목 쓰레기 속에 묻혀 있으면 안 되는 것이었다. 길이는 150센티미터쯤 되었는데 만약 실제 사람의 뼈라면 어린아이나 여자의 유해로 추측되었다. 라이터를 켜서 표면을 더 자세히 살펴보았다. 퀭한 두 눈 구멍은 밖으로 나올 걸 예상하지 못했다는 듯이 허공만 쳐다보았다. 이가 정갈하게 배치된 턱은 손가락 하나가 드나들 정도로 벌어져 있었다. 꼭 살아 있는 사람 같았다. 한때는 저 둥근 구멍 속에 눈동자가 있어서 하늘을 쳐다보거나 나뭇가지의 존재를 느끼고 바람에 눈을 찡그렸으리라 생각하니 마음이 심란해졌다. 음식을 씹기 위해 움직였을 치아와 치아 사이, 죽기 직전 마지막 들숨을 들이켰을 콧구멍은 여전히 살아 있는 것처럼 존재감을 드러냈다. 쿵쿵 냄새를 맡아보았지만 특유의 뼈 냄새는 나지 않았다. 혹시 모형이 아닐까? 모형이라면 가느다란 실 같은 걸로 뼈마디가 연결되어 있어야 하는데 그런 것은 잘 보이지 않았다.

"함께 집으로 가자!"

왜 그런 결정을 내렸는지는 자세히 기억나지 않는다. 콧구멍과 이빨 주변에 묻은 흙을 털어낸 뒤 나는 해골을 일으켜 세웠다. 그러나 무게가 만만찮았다. 온몸의 뼈가 강철로 된 것처럼 무거웠다. 나는 기도폐쇄처치법인 하임리히를 시전하듯 뒤에서 해골을 안아 반쯤 일으켜 세우다가 주저앉길 반복했다. 해골을 업어도 보고 질질 끌어도 보았지만 어른의 몸보다도 무거워서 나의 시도는 번번이 물거품이 되었다. 나는 확실히 취해 있었다. 운 좋게도 잠깐 바닥에 주저앉아 땀을 식힐 때 얼마 떨어지지 않은 곳에 고물상이 있다는 걸 기억해냈다. 나는 비틀거리며 고물상으로 향했다. 고물상 앞에는 폐지 줍는 노인들이 사용하는 리어카가 세 대나 일렬로 세워져 있었다. 나는 그중 한 대를 몰래 끌고 와 낑낑거리며 해골을 리어카에 실었다. 그런 다음 함께 가져왔던 신문지로 해골을 덮고 폐지를 줍는 노인처럼 태연히 집을 향해 리어카를 끌었다. 해골은 아직 연골이 남아 뼈들이 서로 연결돼 있는지 달그락달그락 소리가 났다. 집 앞에 도착하자 술이 깨며 정신이 돌아와 내가 무슨 일을 저질렀는지 깨달았지만 이미 늦은 일이었다. 사람들이 깨기 전에 나는 상가 4층에 있는 내 원룸으로 해골을 끌고 들어갔다. 마치 이방인처럼.

그런 순간은 전에도 종종 있었다. 감기에 걸렸다며 흰 마스크를 쓴 채 내 방문을 두드리던 여자, 몸을 떠는 그녀를 위해 장롱 속에 처박아둔 전기장판을 꺼내고 물을 끓였던 기억. 그런 다음 생강차를 우려 목구멍에 수저로 흘려 넣었다. 몇 시간이 지나도 감기가 나을 조짐을 보이지 않으면 땀을 흘리며 신음하는 그녀에게 줄 감기약을 사려고 슬리퍼를 끌고 집을 나섰다가 돌아왔다. 몸을 오들오들 떠는 그녀를 등 뒤에서 꼭 껴안은 채 괜찮다고 위로했다. 피와 살로 된 작은 몸뚱이와 몸뚱이는 그런 식으로 서로를 지탱하는 법이었다. 하지만 해골은 어떤 반응도 없었다. 떼를 쓰는 어린아이처럼 제 몸을 축 늘어뜨린 채 까마득한 세월을 견뎌온 무게를 감당하라고 강요했다. 자신을 받아들이라는 듯이. 어떤 존재든 존재가 존재 속으로 들어올 때는 무게의 변화를 겪게 된다. 떠날 때도 마찬가지. 세포 곳곳에 웅크리고 있던 '무게'들이 일시에 빠져나간 뒤 비어버린 공허를 어쩌지 못해 '나'라는 존재는 자꾸만 휘청거렸다. 그렇게 한 여자가 가고 다른 무엇이 그 자리를 채웠다. 그러므로 그날 밤 내가 한 행동을 나는

'무엇'이라 정의할 수 없다.

　해골을 욕실에 눕힌 뒤 담배 한 개비를 천천히 태웠다. 헛헛, 웃음이 나왔다. 세상에 설명할 수 없는 일이 어디 이것뿐이겠는가. 그녀가 이별 문자를 보내온 것은 여행에서 돌아온 지 이틀째 되던 날이었다. 여행을 제안한 쪽도 이별을 선언한 이도 그녀였다. 우리는 낡아서 가속이 잘 되지 않는 아반떼를 타고 새로 개통한 강릉간 고속도로를 달렸다. 보통은 두 시간쯤 걸리는 거리를 세 시간 넘게 달려 목적지에 도착했다. 우리는 바다가 보이는 삼척항 근처 호텔에 여장을 푼 뒤 방파제를 산책했고 뷔페에서 해산물 요리를 먹었다. 와인을 곁들이던 그녀는 한참이나 지도 교수 욕을 했고 나는 침묵을 지키다 간혹 맞장구를 쳤다. 식당을 나선 우리는 해안선을 따라 걸었고 물 위에 뜬 진짜 달을 한참이나 바라보기도 했다. 그러다가 파도를 배경으로 두 사람이 나오는 사진을 찍었다. 지금도 내 휴대전화 한구석에 저장돼 있는 사진 속에서 그녀는 얼굴을 잔뜩 찡그리고 있다. 그녀는 파도를 싫어했다. 사진을 찍는 순간 등 뒤쪽으로 파도가 달려들었고 겁을 먹은 그녀가 몸을 움츠리며 얼굴을 찡그린 것인데, 그것이 묘하게도 우리의 앞날을 미리 보여준 듯하여 지금도 쓸쓸한 마음을 지울 수 없다. 도대체! 마지막으로 기억되는 한 인간에 대한 기억은 왜 이렇듯 찡그린 얼굴뿐일까.

　다음 날 그녀와 나는 케이블카를 타고 권금성에 올랐다. 고등학교 3학년 때 나는 수학여행을 설악산으로 갔더랬다. 그때 권금성에 올랐다가 1년에 한두 번밖에 볼 수 없다는 운해를 보았던 터라, 그때의 강렬했던 경험을 다시 하고 싶었던 것이다. 그러나 힘들게 올랐던 권금성에서 그녀는 길이 미끄럽다고 투덜거렸다. 또한 사방에 안개가 가득해서 불과 몇 십 미터 앞도 보이지 않아 기대했던 경치도 볼 수 없었다. 오히려 권금성에 오르기 전, 케이블카를 기다리며 설악산 계곡에 발을 담그고 앉아 등을 맞댄 채 도란도란 이야기를 나누었던 기억을 그나마 추억할 수 있을 따름이다. 그때 그녀와 무슨 말을 주고받았는지는 자세히 기억이 나지 않는다. 다만, 그렇게 등을 맞대고 있다가도 마음이 식으면 언제든 제자리를 툭툭 털고 일어나는 존재가 인간이라는 소름끼치는 성찰만이 남아 있을 뿐이다.

　물론 이런 주절거림이 얼마나 자기중심적인 소린지 나는 알고 있다. 그녀의 마음속에도 내가 떠벌리고 있는 것 이상의 사연들이 쌓여 있을 것이다. 다만 나는 이런 말초적이고 즉흥적인 인간관계가 얼마나 큰 위선인지를 말하고 싶을 뿐이다. 제가 좋을 땐 앞뒤 돌아보지 않고 온몸을 던져 상대에게 다가간다. 욕망이 충족되고 단물 주머니가 텅 비게 되면 언제고 꽃밭 저쪽의 또 다른 꿀주머니를 향해 날아간다. 그러면서 영원을 말하고 철학을 말하고 시대를 걱정한다. 주말마다 예배당에 나가 습관처럼 기도를 하며 자기 죄가 사함 받았다고 믿는다. 언제나 정의의 편에 서서 정치를 말하고 사회문제에 민감하다. 타인에게 보이는 이미지는 늘 깨어 있는 시민이지만 실상은 지극히 제 욕망에 충실한 게 인간이다. 그러므로 우리는 침묵했어야 한다. 영원을 입에 올리면 안 되고 약속의 말도 함부로 꺼내지 말았어야 한다.

내 휴대전화에 저장된 그녀의 별명은 '달'이다. 실제 이름이 있지만 나는 단 한 번도 진짜 이름을 부른 적이 없다. 그녀는 '한대'라는 조금 이상한 이름을 부여 받았다. 차라리 금순이나 명자가 낫지. 그녀는 자주 한탄했다. 그런 이름을 얻은 이유는 아주 사소한 미신 때문이었다. 선데이서울에도 소개되었다는, 이름이 '백'으로 시작되는 유명한 작명가에게 할아버지는 거금 50만 원을 들여 한대라는 이름을 얻어 왔다고 한다. 이름을 한대라고 짓지 않으면 버스 문짝에 끼어 평생 절름발이가 될 거라면서. 나는 아직도 그런 걸 믿는 사람이 있냐는 말을 하지 못했다. 그녀가 할아버지를 극진히 사랑한다는 사실을 알았기 때문이다. 나로서는 이해하지 못할 모순이지만, 그녀는 어릴 때부터 자신을 업어 키우다시피 한 할아버지를 결코 버릴 수 없었노라고 자주 말했다. 할아버지는 치매에 걸려 죽기 전까지 그녀의 집에 머물렀다. 치매가 온 뒤 할아버지는 그녀를 명희라고 불렀다. 명희는 죽은 아내, 그러니까 한대의 할머니 이름이었다.

나는 그녀가 바뀐 번호를 알려주었을 때 이름을 달이라고 저장했다. 대학 진학과 동시에 연락이 끊겼던 그녀가 5년 만에 나를 보러 학원에 나타났을 때였다. 나는 외모나 특이성으로 상대의 이름을 짓고 휴대전화에 저장하는 버릇이 있다. 뿔테안경 남자, 마르고 여드름, 이런 식으로 말이다. 그녀를 달로 저장한 이유는 오랜만에 보게 된 얼굴이 하얗고 동그랬기 때문이다. 그녀는 자신의 별명을 별로 마음에 들어 하지 않았다. 제 얼굴이 둥글둥글하다는 걸 알았기 때문일까. 나는 그녀의 눈치를 보며 덧붙였다. 그게 아니고 나는 네가 달처럼 항상 내 곁에 떠 있어 주기를 바라는 거야. 너는 이제부터 나의 달이라고. 하지만 이런 말들은 가증스러운 거짓말이었다. 그녀가 내게 나타나기 전에 헤어진 여자의 이름도 달이었기 때문이다. 전 여자 친구의 이름은 이월李月이었다. 나는 참 예쁜 이름이라고 생각했다. 심지어 외자였다. 나는 그녀를 달이라 불렀고 그녀도 그 애칭을 맘에 들어 했다. 한대를 만나면서 은연중에 나는 두 개의 이미지를 하나로 포개고 있었던 것이다.

피우던 담배를 변기에 던진 뒤 해골을 욕조에 비스듬히 누였다. 그런 다음 샤워기의 뜨거운 물을 이용해 해골에 묻은 흙을 씻어냈다. 잘 닦이지 않는 부분은 수세미로 박박 소리가 나도록 문질렀다. 눈두덩 안쪽으로 손가락을 집어넣어 전두엽 자리를 더듬어보기도 했다. 한 번도 가보지 않은 달의 크레이터가 이럴까? 까끌까끌하면서도 움푹한 느낌이 손가락을 타고 전해져왔다. 귀가 있던 자리를 두드려보다가 경추 부분을 뚝뚝 소리가 나게 눌러도 보았다. 해골은 전혀 저항하지 않았다. 두 다리를 쭉 뻗고서 특유의 퀭한 눈으로 천장만 올려다볼 뿐이었다. 해골이 오기전 욕조의 진정한 주인은 달이었다. 그녀는 욕조에 몸을 담그길 좋아했다. 대학원 수업이 펑크 난 날이면 예고도 없이 내 방문을 두드리곤 했다. 문을 열어주면 스러지듯이 내게 안겼다가, 욕실로 들어가 물을 받고 욕조 속으로 들어갔다. 훤한 대낮임에도 옷을 훌훌 벗어 던져서 좀 가리라고 잔소리를 하면 음흉한 생각을 안 하면 될 거 아니냐며 달처럼 환하게 방글방글 웃어댔다. 그러고는 배가 고프니 죽을 사다 달라고 칭얼거렸다. 그녀는 편의점에서 때론 3000원에 두 개를 팔기도 하는 전복죽만 먹었다. 죽을다 먹으면 내 체온으로 데워진 이불 속으로 쏙 들어가 저녁이 될 때까지 단잠을 잤다.

　욕실에 들어갈 때마다 그녀는 휴대전화를 비누받이에 올려놓고 코모도섬의 도마뱀에 관한 다큐를 보았다. 이 다큐를 목욕을 할 때마다 보는지, 아니면 우리 집에 올 때마다 보는지, 아니면 대학원 수업이 펑크 날 때마다 보는지는 알지 못한다. 중요한 것은 그녀가 우리 집에 오고 욕조에 들어가 물에 몸을 담글 때마다 코모도 다큐에 심취해 있었다는 점이다. 이제는 거의 다 외울 수 있게 된 다큐의 내레이션에 의하면, 몸길이가 최대 3미터에 이르는 코모도왕도마뱀은 체중이 자기 몸의 열 배 가까이 되는 물소에게 접근하여 치명적인 독을 다리에 주입한다. 그러고는 물소가 중독되어 정신을 잃을 때까지 몇 시간에서 때론 며칠 동안 졸졸 따라다니며 기회를 노린다. 나는 그 장면이 매우 소름끼쳤다. 먹잇감이 죽기를 기다리며 음습하게 주변을 맴도는 코모도왕도마뱀과 저를 뜯어먹기 위해 다가오는 적들에게 제대로 저항도 못 한 채 죽음을 받아들여야 하는 물소의 운명이 너무 끔찍하고 처연했기 때문이다. 하지만 그녀에게 단 한 차례도 왜 자꾸 그 영상을 보는지, 왜 그걸 보며 욕조에 누워 있는지 물은 적은 없다.

　어느 날엔가는, 그녀가 잠이 든 뒤 욕조의 물을 빼기 위해 들어갔다가 깜짝 놀랐다. 생리 뒤끝인지 피 몇 방울이 욕조 바닥으로부터 붉은 기운을 욕조 전체로 천천히 퍼뜨리고 있었던 것이다. 화산의 분화 같다고나 할까. 나는 그때 여성의 생리혈을 처음 보았다. 나는 생리혈이 진화의 소실점일지도 모른다고 생각했다. 그것은 수백만 도로 들끓는 땅속 마그마에 갇혀 있다가 땅속에 매설된 수도관을 타고 갑자기 욕조로 솟아오른다. 그리하여 바라보는 나와 만나게 된다. 왜 그런 생각을 했는지 모르지만 해괴한 상상임이 틀림없다. 화산 폭발로 만들어진 코모도섬에서 도마뱀들은 원시의 상태 그대로 수백만 년을 견뎌왔다. 그들 또한 깊은 해구에서 아주 오랜 세월을, 설명할 수 없는 태초의 시간을 견딘 뒤 지느러미를 퇴화시키고 손가락과 발가락을 얻고 아가미를 없애며 천천히 육지에 발을 내디뎠을 것이다. 그러고는 고작 하는 일이 물소의 정강이를 깨무는 일이라니! 욕조의 물이 하수구로 다 빨려 내려갈 동안 나는 부끄러움을 느꼈다. 생리혈을 봤기 때문은 아니다. 도마뱀은 너무도 긴 시간을 참아왔지만 애초에 원했던 날개를 얻지 못한 채 코모도섬에 갇히고 말았다.

　이것은 어떤 가능성에 대한 얘기다. 우리가 서로를 사랑한다는 것은 또 다른 의미로는 끝없는 진화의 움직임이라 할 수 있다. 두 팔을 없애고 날개를 얻기 위하여, 그러니까 어떤 위계질서에

놓인 종이 제 팔을 퇴화시키기 위해 사투하는 과정에서 필연적
으로 사랑에 빠진다. 서로 한 몸으로 얽힐 때마다 손발은 조금씩
기능이 퇴화한다. 더 높은 곳에 닿기 위하여, 도파민이 분비되고
뇌가 점점 비어가는 동안, 다른 한쪽에선 부지런히 날개의 이미
지를 창작한다. 날개의 이미지가 뇌로부터 겨드랑이 세포로 전
달되기까지는 적어도 수만 년의 세월이 필요할 것이다. 그렇게
되기까지 지구는 몇 번이나 더 붉은 화산재를 뿜어 올리며 애써
이루어낸 것들을 바다 속에 처박아야 할지도 모른다. 그래도 살
아남는 것들은 살아남는다. 부지런히 목욕을 하고 전복죽을 삼
키고 일정한 체온을 유지하며 잠이 들어야 한다. 그녀는 스스로
그런 생활에 익숙해져 있었고 어느 날 문득 잠에서 깨어났을 때
겨드랑이에 심한 간지러움을 느낀 나머지 휴대전화를 꺼내 별
망설임 없이 이별 문자 따위를 보냈을 것이다.

　더운 물로 씻어내니 해골은 더욱더 하얗게 빛났다. 해골이 이
렇게 아름다울 수 있구나. 나는 혼자만이 온전히 볼 수 있는 유일
무이한 광경 앞에서 다시 한 모금의 연기를 뿜어댔다. 이상한 비
유지만 달이 떠난 자리에 해골이 남았다. 마치 임무 교대라도 하
듯이 둘은 씩씩하게 자리를 바꾸었다. 떠나는 개체들 가운데 누
구도 진심 어린 눈물 따위는 흘리지 않았다. 교미를 할 때는 제

흥에 겨워 사랑한다고 떠들기도 하지만, 그것이 진실이라고 믿는 바보들은 이 세상에 존재하지 않을 테니까. 인간은 그냥 그렇게 만들어진 종이라는 확신이 든다. 되는 대로 그날 기분에 따라 떠들어대는 것이다. 감정에 철학 따위가 끼어들 자리는 없다. 따라서 우리가 서로 사랑하지 않았음은 너무도 명백하다. 코모도왕도마뱀이 물소를 사랑할 수 없는 것처럼, 그냥 본능에 따라 움직였을 것이다. 도마뱀은 제 생명을 연장하기 위해 신으로부터 비열한 수단을 선물로 받았지만, 인간은 사멸하기 위해 스스로 쌓아 올렸던 말의 탑들을 한순간에 부수어버린다. 그것이 사랑일지라도. 신이 그들에게 준 가장 유능한 무기가 바로 거짓말이기 때문이다. 그것이 인간들의 진짜 천성인지도 모른다.

욕조의 물을 빼고 해골을 수건으로 꾹꾹 눌러 닦았다. 그때까지도 마음 한구석에선 우주의 변두리에서 갑자기 내게 날아온 이 괴상한 물체가 실제로 살과 피를 지녔던 인간의 흔적임을 인정하지 못했다. 문학 시간에 배운 가스통 바슐라르의 말을 간접 응용하여 풀이해보자면, 도시의 공터라는 공간적 특성으로 인해 때때로 매우 이상한 일들이 실현된다. 갓 태어난 아기가 욕실 창문으로 버려지기도 하고 힘겹게 피어난 꽃들이 금방 악취에 둘러싸이기도 한다. 한때 소중한 마음으로 받았던 인형과 오르골 따위의 선물들이 이사를 갈 때는 짐이 되어 아무렇지도 않게 주인의 심장을 떠난다. 발정난 개들은 골목을 버리고 공터로 나와 교미하길 즐기며 해바라기 씨를 즐겨 씹어대는 이웃 노인은 껍질을 공터 아닌 다른 곳에 버린 적이 단 한 번도 없다. 한 가족의 식생활을 책임지던 냉장고와, 늙은이들이 다 먹지도 못한 약 봉투와 평생 엉덩이를 받치다가 무너져 내린 의자의 잔해들…….

따지고 보면 해골도 그처럼 상투적인 물건이었다. 오줌 줄기에 의해 일약 특별한 존재가 되어 나의 욕조를 점령해버리기 전까지는 말이다. 나는 그런 물건들이 꿈을 꾸기 위해 유기됐는지도 모른다고 생각한 적이 있다. 그것들은 모두 주인의 손을 떠났다는 명백한 진실을 품고 있다. 또한 크고 작은 단서들을 지닌 채 어떠한 고문에도 끄덕하지 않고 침묵한다. 침묵은, 그러므로 버려진 것들 속에서 가장 순수하게 빛날 수 있다. 그것은 인간의 발길이 닿을 때에만 비명을 지른다. 언젠가 구두를 신은 채 공터에 버려진 토끼 인형을 발로 찬 적이 있다. 그것은 픽, 하는 둔탁한 소음과 함께 쓰레기 더미로 날아갔다. 고작 그런 것이다. 사물들이 인간들에게 할 수 있는 저항이란, 독이 온몸에 퍼져 죽어가는데 꾸역꾸역 모여들어 자신의 옆구리를 물어뜯는 도마뱀을 불쾌한 시선으로 노려보는 것에 불과하다.

수건으로 물기를 닦아낸 뒤 나는 해골을 질질 끌고 방으로 들어왔다. 해골을 침대로 끌어 올리는데 등골에 땀이 맺힐 정도로 힘이 들었다. 한편으론 왜 이런 수고를 사서 하는지 모르겠다 싶다가도 처음 해골을 들였을 때처럼 이상한 열정 속에서 해골을 침대에 눕히고, 달이 올 때마다 뒤통수에 대주던 메모리폼 베개를 받쳐주었다. 그런 다음 헤어드라이어를 꺼내 와 뼈대에 남아있는 마지막 물기까지 모두 말렸다. 어떤 의도도 계획도 없었다. 단지 그래야 할 것 같았다. 이건 나랑 불과 1~2미터 거리를 둔 채 살아가고 있는 이웃들이 매일 하는 해괴한 짓들, 곰 인형을 껴안거나 조립한 프라 모델을 애지중지하거나 강아지를 쓰다듬는 일과 크게 다르지 않았다. 그들은 침대 주변에 그런 물건들을 늘어놓고 수시로 만졌으며 사랑한다고 중얼거렸다. 그렇다면 나 역시 이 해골을 사랑할 용기가 있는가?

일단 불을 꺼보기로 했다. 불을 끄면 나의 하루는 시간을 멈춘다. 가끔 새벽녘에 컴퓨터 모니터에 이마를 맞대고 앉아 소설을 쓰기도 했지만, 대부분 맥주를 마시거나 유튜브를 보면서 시간을 보냈다. 지난봄부터는 루공 마카르 총서Les Rougon-Macquart를 다시 꺼내 첫 권부터 읽는 미친 짓에 매달렸지만『파리의 배Le Ventre de Paris』를 읽고는 그만두었다. 하루하루가 권태로웠고 매일 외로움에 시달렸다. 소설을 읽고 쓰느니 차라리 만화나 웹툰을 보는 게 훨씬 재미있고 생산적이라고 생각해왔다. 그러니 내 소설 따위는 절로 진부해져서 도무지 손을 쓸 틈이 없었다. 나는 정말이지 심각한 척하는 소설들을 싫어한다. 모두가 제임스 조이스 흉내를 내고 싶은 거겠지만 고백하자면 나 자신은 발뒤꿈치에도 미치지 못함을 잘 알고 있다. 그러면서 소설가라고 고개를 들고 다니는 것은 굉장히 부끄러운 일이다. 차라리 학원 아이들과 물리를 두고 떠들어대는 게 낫지.

나는 마르셀 프루스트나 장 폴 사르트르 흉내를 내면서, 내용도 없이 심리 묘사만 주야장천 늘어놓는 소설들을 좋아하지 않는다. 읽기 어려운 문장을 쓰면 잘 쓴 소설이라고 자위하는 머저리들의 소설 말이다. 솔직히 말하자면 그런 소설들은 쓰기가 너무 쉽다. 그냥 계속해서 타고난 재능을 이용해 심각한 척하면 되기 때문이다. 몇몇 시론과 철학적 사유에 대한 고전들, (센스 있는 사람들이라면) 최근에 유행하는 양자적 상상력 따위를 적당히 버무려 사물과 뒤섞고 인간의 원초적 허점인 내면의 고독이나 사랑의 의미로 영역을 확장해나가면 그것을 수준 높게 생각하여 이러쿵저러쿵 떠들어댈, 온갖 미사여구를 부끄러움도 없이 덧붙여 작품을 포장해줄 박학다식한 논평자들이 도처에 널려 있기 때문이다. 적어도 그 분야에서 최고가 되려면 호르헤 루이스 보르헤스나 이탈로 칼비노 정도는 뛰어넘어야 한다. 누가 그 자리에 도달했는가? 도달하긴커녕, 무수한 모방꾼만 양산되고 있을 뿐이다. 솔직히 말하자면 창조 없는 모방은 공해다. 소설을 쓸 때마다 나는 그런 자괴감, 그런 부끄러움에 발목이 잡혀 문장이 나아가지 못하고 멈칫거려지곤 했다.

"그래서, 너는 지금 무얼 생각하는 중이지?"

해골의 목뼈 근처에까지 이불을 끌어 올려 준다. 보이지는 않지만 나는 저 뼈가 오늘 하루만은 푹 잠들기를 바랐다. 이미 눈치를 채버린 사람들도 있지만, 잠을 잔다는 것은 세상의 앞면과 뒷면을 잠깐 바꾸는 일이다. 잠이 드는 순간, 보잘것없는 영혼은 침대에서 순식간에 날아올라 존재의 이면을 향해 초월한다. 존재는 존재를 떠나는 방식을 통해서만이 비로소 슬픔에서 자유롭다. 같은 극이 서로를 밀어내듯이. 마치 회전문이 돌아가는 것처럼 세상을 뒤집은 뒤에, 비로소 진정한 의미의 휴식에 드는 것이다. 하지만 마냥 편안할 수만은 없는 일이다. 목이 마르거나 오줌이 마려운 일 따위의 번거로운 요구를 들어주기 위해 수시로 회전문을 오가야 하기 때문이다. 가끔 문밖으로 돌아나가기를 포기한 자들이 있어서 도시 곳곳에 해골들이 방치된다. 말하자면 지금 내 옆에 누워 있는 해골도 그런 종류의 과정을 거쳤을 것이다. 해골의 주인은 회전문을 들고 나는 일이 어느 날 문득 권태로워졌는지도 모른다. 그리하여 제 몸을 공터 한쪽에 내려놓고 슬며시 달아나버렸겠지. 그 위에 흙이 덮이고 골목이 생기고 집들이 생겨나고 술을 마시고 누군가는 오줌을 누었을 것이다.

3

　이틀 후, 그날은 학원 회식이 있는 날이었다. 작은 동네 보습 학원이었기에 선생은 나를 포함하여 다섯 명밖에 되지 않았다. 원장은 깡마른 데다가 늘 날카롭게 눈을 뜨고 이리저리 살피기를 좋아하는 30대 후반의 예민한 여자였다. 다들 그녀가 결혼을 했는지 궁금해했지만 그녀는 단 한 번도 가족 얘기를 하지 않았다. 따라서 우리는 서로 말은 안 했지만 혼자일 확률이 높다고 짐작하고 있었다. 제 자식 자랑으로 틈만 나면 수다를 늘어놓을 나이였기 때문이다. 혹시 이혼을 한 게 아닐까. 결혼을 했지만 자식이 없는 것일지도 모르지. 타인의 사생활에 관심을 가질 이유가 없지만, 몇 년 동안 얼굴을 맞대고 함께 생활하다 보면 어쩔 수 없이 그런 일들이 궁금해지는 것이다. 그녀 또한 직원들의 사생활을 궁금해하는 눈치였지만 노골적으로 드러내지는 않았다. 대개는 웃는 얼굴로 접수대를 지키고 앉아 오늘은 날씨가 무척 춥죠, 따위의 인사를 건네며 안경 너머로 상대를 적당히 살피는 것이다.

한 달에 한 번 있는 회식은 늘 그저 그랬다. 공짜로 술을 얻어 마실 수 있으니 좋다면 좋았지만, 은연중에 업무 지시가 떨어질 때도 있어서 불편했다. 학부형들의 불평을 가감 없이 전달하기도 해서 다른 직원들 앞에서 얼굴을 붉힌 적도 있다. 이를 테면, 정 선생은 수업 시간에 종교 얘기를 그렇게 하심 어떻게 해요. 같은 말이라도 좀 돌려서 하심 좋았을 것을. 태선이가 학원에 2년이나 다닌 아이인데, 엄마가 속상해서 전화를 해왔지 뭐예요. 그러면서 냅다 잔에다가 막걸리를 부어주는 식이었다. 대답할 가치도 없는 얘기였지만 나는 알았다고 고개를 끄덕였다. 어디선가 부지런히 창조론을 듣고 와서 교과서 내용을 부정하는 태선이 같은 아이들이 단골 질문을 퍼부어대는 것은 어제 오늘의 일이 아니었기 때문이다. 사실 나는 세상을 누가 창조했느냐 따위의 질문에는 관심이 없다. 인간들은 '그렇다', '아니다' 따위의 흑백논리에 갇혀 지난 수천 년 세월을 낭비해왔다지만 누군가

진짜로 세상을 창조했다면 굳이 그 당연한 진실을 두고 왈가왈
부하지 않을 테니까.

　술을 마시면서도 나는 집에 두고 온 해골 생각을 자주 했다. 해
골은 타인에 대하여 아무런 말도 하지 않을 것이다. 또한 함부로
배신을 하지도 않을 것이다. 해골이 보고 싶어져서 휴대전화만
만지작거렸다. 이럴 줄 알았다면 휴대전화에 사진이라도 몇 장
넣어둘 것을. 어느 날 갑자기 그것은 우주의 지평을 넘어 내 방
안에 착륙했다. 금속처럼 무거웠다. 무거운 것으로 보아 미지의
우주에서 날아온 운석의 한 종류일 수도 있다. 내가 진부한 인생
을 감내하고 있듯이, 그것도 다만 어쩔 수 없이 떠도는 행성 여행
자가 아닐까. 나로 말하자면 과학 논문을 제대로 쓴 것도 아니고
물리에 대단한 관심이 있지도 않았다. 임용고시를 통과할 자신
이 없었으므로 그나마 경쟁이 덜한 물리를 선택했을 뿐이다. 다
섯 번이나 시험을 보았지만 예상대로 번번이 낙방했다. 합격자
들과의 점수 차이가 너무 커서 일찌감치 포기하고 보습학원 물
리 교사라는 인생에 낙점했다. 시간이 남을 땐 가끔씩 소설을 썼
다. 신춘문예나 문예지로 등단한 것도 아니고 인터넷 과학 사이
트에 올렸던 소설이 인기를 얻어 출간까지 하게 되면서 본의 아
니게 글쟁이가 되었다. 글쟁이라지만 인세를 제대로 받아본 기

억은 없다. 한마디로 이도 저도 아닌 삶이었다. 그렇다고 인생을 후회해본 적도 없지만.

"그러니까 축구는 예술입니다. 예술……."

원장이 취해서 잠시 고개를 숙이고 있는 사이 익숙한 레퍼토리가 시작되었다. 군에서 제대하고 입사한 홍 선생이었다. 그는 축구광이었다. 월급을 받을 때마다 새 축구화와 유니폼, 공을 사 모았고 수요일이면 축구 클럽에 나가 새벽이 오는 줄도 모르고 공을 찼다. 나는 그를 잘 모르지만 축구에 대한 열정이 대단하다는 것만은 잘 알았다. 사실인지는 알 수 없지만 그는 여자를 만나거나 축구를 하러 가거나, 두 가지 중에서 하나를 고른다면 당연히 축구를 하러 가겠다고 말하는 사람이었다. 수업 시간에도 축구 얘기를 했다가 종종 학부형들의 항의를 받았다. 원장은 그런 홍 선생을 비난하지 않았다. 오히려 칭찬을 아끼지 않았다. 자신도 한때 축구에 열정을 쏟았다며, 2002년에 남자애들 오토바이를 타고 서울 시내를 누빈 전력을 수줍게 얘기한 바 있다. 축구 선수를 만나면 당장 연애를 시작할 것이라고 떠벌리면서.

"그러니까 축구는 참 이상합니다. 저는 잘 때도 허공에 공이 보이거든요. 지구도 둥글고 우주도 둥글지 않습니까. 모든 것이 빙빙 돌지 않습니까. 축구는 진짜 이상합니다. 계속 공을 차고 싶어져요. 공을 좇다 보면 맥박이 빨라지면서 꼭 내가 우주로 날아가는 것 같아요. 오직 공만 보이거든요. 상대편 선수도, 날씨도, 잔디밭과 조명도, 내일 일정과 포털 사이트 메인에 매일같이 올라오는 정치 기사도, 전혀 생각이 안 납니다. 오로지 공만 보이는 거예요. 그래서일까요? 요즘은 공에도 생명이 깃들어 있을지도 모른다는 생각을 자주 하게 되더라고요. 사람도 그렇고 공도 그렇고 구르고 구르면서 여기저기 떠돌아다니는 거죠."

뭐, 공에도 생명이 있어? 나는 마시던 술을 뿜을 뻔했다.

"어머, 선생님도……."

나와 달리 원장은 홍 선생의 말에 감명을 받은 모양이었다.

"홍 선생은 누가 문학 전공자 아니랄까 봐 말을 해도 감각적으로 하시네! 맞아요, 따지고 보면 지구도 하나의 공이 될 수 있죠. 우주 저쪽에서 누군가 툭 찬 공이 여전히 빙글빙글 돌며 골대를 향해 날아가는 중인지도 모르잖아요. 그 뭐더라, 우주를 여행하는 히치하이커인가? 언젠가 그런 소설을 읽은 적이 있는데 거기도 그런 내용이 나오잖아요."

무안했던지 원장은 까르르 웃었다. 홍 선생은 원장의 아는 척에 반응하지 않았다. 대신 맞은편에 앉은 수학 담당 최 선생에게 술을 따라주었다. 원장은 자기도 술잔을 비운 뒤 홍 선생에게 잔을 내밀었다. 오늘 따라 원장의 목이 더욱 파랗게 빛나는 것 같았다. 학원 안에서건 밖에서건 원장은 파란 스카프로 목을 가리고 다녔다. 아무도 그녀의 목을 제대로 본 적은 없지만, 아마도 목주름을 가리는 게 분명하다고 여선생 둘이서 뒷담화하는 소리를 들은 기억이 있다. 그녀는 향수를, 그중에서도 장미 원액이 함유된 향수를 좋아한다. 향수를 자주 스카프에 뿌리는 모양인지 가까이 다가오면 목에서 장미 향이 났다. 나는 그 냄새를 좋아하지 않았다. 장미꽃만 봐도 원장의 보글보글한 파마머리가 떠올라 골치가 아팠다. 그래도 매번 인내심을 발휘해 그녀를 상대했다. 학원을 한 번 옮길 때마다 짧게는 두어 달에서 길게는 1년 가까이 실업자 신세가 되기 때문이다. 글을 써서 생계를 꾸려갈 처지가 아니었기에 비굴하지만 어쩔 수 없는 일이었다.

"그런데 홍 선생은 왜 축구를 하지 가르치는 일을 시작했어요?"

"축구는 아무나 하나요. 저는 그냥 아마추어로서 즐기는 게 좋습니다."

"그런데 어제 창희라는 학생이 말예요."

"창희가 왜요? 아주 얌전하고 학습 태도도 좋은걸요."

"그애가 글쎄, 안 가고 계속 교실에 남아 있었지 뭡니까. 시시티브이를 보다가 걔가 안 갔다는 걸 알았어요. 주차장에서 차를 빼다가 깜짝 놀라 다시 올라가 봤더니, 걔가 어두운 곳에서 계속 울고 있더라고요. 아무리 달래도 울음을 그치지 않아서……."

계란말이 안주를 포크로 찍어 입으로 가져가며 나는 집에 두고 온 해골을 생각했다. 해골을 떠올릴수록 우울한 마음이 조금 가시는 듯했다. 해골은 무엇을 하고 있을까. 내가 출근할 때 보았던 모습 그대로 얌전히 침대를 지키고 있을까. 혹시 철컹거리는 탁한 금속성 소음을 내며 집을 나와 거리를 쏘다니는 것은 아닐까. 그렇다면 큰일이었다. 나는 아직 나의 해골에게 동네 나들이를 허락한 적이 없다. 그는 내게 자신의 체중을 모두 얹었고 나는 중력을 견디며 무거운 해골을 집으로 끌고 와 의식을 치르듯 씻고 말렸다. 주운 물건에도 재산권이 부여된다면 해골은 지금 이 순간 온전히 나의 소유물이었다. 그것은 어느 날 갑자기 지평 너머에서 다가와 하나의 존재가 되었다. 내 앞에서 시시껄렁한 얘기를 주고받는 홍 선생과 원장의 말을 빌리자면, 우주의 저쪽으로부터 어느 날 불쑥 날아온 축구공 같은 것이었다.

"그런데 정 선생은…… 애인은 있어요?"

원장이 맞은편에 앉은 나를 호출했다. 조금 뜬금없다 싶은 질문이었다. 전에는 단 한 번도 그런 질문을 한 적이 없었기 때문이다. 아마도 별 의미 없이, 벌어진 말의 틈새를 메우기 위해 던진 질문일 것이었다. 혼자 떨어져 있지 말고 자기들 대화에 적극적으로 참여해달라는 의도겠지. 나는 즉답을 피하겠다는 듯 잔에 남은 맥주를 조금씩 들이켜며 방금 원장이 던진 말을 곱씹었다. 나에게 애인이 있을까? 분명 애인이 있었다. 하지만 얼마 전에 헤어졌다. 하지만 미련이 남아 있다. 다시 그녀가 연락을 해올지도 모른다는 기대 또한 전혀 없지 않다. 그렇다면 나는 지금 애인이 있는 걸까. 있지도 않았고 없지도 않았다. 있거나 없었다. 없거나 있었다. 달을 만나기 전에 만난 여자와도 비슷한 절차를 거쳤다. 분명 헤어졌다고 선언하고 돌아섰지만 골목을 걸을 때 지하철 계단을 올라갈 때 커피숍 계산대로 나아갈 때 텔레비전을 볼 때 그녀는 여전히 내 곁에 있었다.

나는 화장실에 가는 척하며 자리에서 일어났다. 누구도 나를 눈여겨보지 않았다. 나는 화장실 문 앞에 쪼그려 앉아 풀어진 구두끈을 묶었다. 그런 다음 술집 가까운 편의점에 들어가 기네스 맥주 한 병을 샀다. 편의점 주인에게 따개를 얻어 뚜껑을 제거한 뒤 한 모금씩 홀짝거리며 골목을 빠져나왔다. 여기는 학원 뒤쪽 상가 건물이었다. 골목을 빠져나오자 던킨도너츠 가게가 보였고, 그 건너 중국집과 그 건너 꽃집과 그 건너 마을 교회와 그 건너 영어 학원과 그 건너 빵집과 그 건너 고등학교 정문이 보이는데 그 앞에는 달의 집으로 바로 이어지는 골목길이 펼쳐졌다. 나는 언젠가 영화에서 본 대로 연인을 잃고 슬픔에 잠긴 니컬러스 케이지 흉내를 내며 맥주병을 손에 든 채 비틀비틀 공터로 걸어갔다. 그러면서 변명하듯 중얼거렸다. 공터는 엄연히 그녀의 영역이 아니다. 저 우중충한 장소는 지나가는 모든 사람들에게 열려 있다. 그러므로 내가 그 장소를 방문해도, 그녀로서는 어떤 종류의 위협도 불편함도 느끼지 않아야 한다.

공터는 사람들의 왕래가 적은 골목 안쪽을 전세 낸 채 묵묵히 자리를 지켰다. 지나가는 사람들도 보이지 않았다. 나는 그녀가 사는 빌라를 애써 무시하며 천천히 바지를 내려 오줌을 누었다. 바닥에 해골 같은 것은 보이지 않았다. 나는 붉은 벽돌 벽을 훑으며 점점 높은 층으로 시선을 옮겼다. 그녀의 방에는 불이 꺼져 있었다. 집에 있을까? 그녀의 방은 전체적으로 어둡고 칙칙한 느낌을 자아냈다. 무언가 은밀한 일들이 저 방 안에서 벌어지고 있는 것 같았다. 혹시 일부러 불을 끄고 있는 것은 아닐까. 혹시 말 못할 병에 걸려서 내게 거짓말을 하고 있는 것은 아닐까. 나 몰래 복학생 놈팡이들을 만나 임신이라도 한 게 아닐까. 온갖 억측이 난무해 나는 소금쟁이처럼 공터를 배회했다. 나는 맥주를 다 마시고 빈 병을 힘껏 공터 저쪽으로 던졌다. 공터는 빈 병을 버릴 수 있는 몇 안 되는 장소였다. 아니, 그런 것들이 버려지도록 운명 지워진 공간이었다. 내 방 안의 해골도 나처럼, 무엇을 버리기 위해 배회하던 인간에 의해 흙 속에 묻혔을 것이다.

나는 돌아섰다. 나의 해골이 기다리고 있을 것이기 때문이다. 그건 슬프고도 기쁜 사실이었다. 누군가 나를 기다리고 있다는 기쁨, 상대는 비록 사람이 아닐지라도 묘한 안도감을 주었다. 하지만 해골은 말을 하지도 눈물을 흘리지도 않는다. 퀭하고 무표정한 얼굴로 천장을 멍하니 응시할 뿐이다. 그의 묵언은 끝없이 나를 시험한다. 해골이 나를 기다리고 있다. 내 방 침대에서. 누구도 이 사실을 믿지 않을 것이다. 혼자가 아닌 나는 어떤 밤길을 걸어도 행복하다. 저쪽과 이쪽 사이의 길은, 해골이 놓인 나의 방으로부터 던킨도너츠 가게를 지나 공터에 이르는 10분 거리의 길은 가로등이 드문드문 고장 나 있긴 하지만 충만한 길이다. 인적은 끊겼다. 오로지 나 혼자서, 아니 나의 친애하는 그림자와 함께 온전히 저 길을 걸어간다. 차가운 초겨울 바람이 만장처럼 가로수에 걸린 플래카드를 펄럭이고 있다. 플래카드엔 '축, A-24지구 재개발 확정'이라고 적혀 있다. 그렇다. 모두가 나를 축복하고 있다.

"시끄럽게 하지 마! 저리 꺼지라고!"

2층 창문이 드드득 열리더니 누군가 빽, 소리를 질렀다. 반사적으로 위를 쳐다보았다. 전봇대에 반쯤 가려진 창문에서 흰옷을 입은 여자가 앙칼지게 소리를 지르고 있었다. 이어 작고 흰 고양이 한 마리가 야옹 소리를 내며 전봇대를 돌아 담장과 건물 사이 좁은 틈으로 빠르게 숨어들었다. 흰 고양이가 흰옷 입은 여자의 잠을 방해한 게 틀림없었다. 여자는 나와 눈이 마주치자 부끄러움을 느꼈는지 얼른 창문을 닫았다. 곰곰이 생각해보니 전에도 여자를 본 것 같았다. 그녀는 건물 1층에 자리 잡은 꽃집 주인이었다. 지금 공터 뒤편, 붉은 벽돌집 3층 자기 방에 누워 불을 끈채 잠을 자고 있을 나의 달, 그녀의 생일날 나는 저 흰옷 입은 여자로부터 장미를 닮은 보라색 미시안을 사서 선물한 적이 있다. 불과 몇 개월 전의 일이었다. 그때 나는 편지에 쓰기를, 우리 사랑이 영원할 수는 없지만 순간순간이 소중했으면 좋겠다고 적었다. 편지를 쓰면서도 나는 그런 말을 신뢰하지 않았다. 인간들이 하는 약속이란 얼마나 부끄러운 거짓으로 점철돼 있는가. 그때그때 순간의 기분에 따라 끝없이 자신의 손가락과 타인을 속이며 살아가도록 프로그램돼 있는 게 인간이라는 종이다.

고양이, 차라리 고양이가 되는 것도 나쁘지 않을 것이다. 그런 생각이 머리를 스치는 순간, 나는 도로의 포플러나무 기둥을 향해 엉덩이를 치켜든 채 두 손바닥으로 아스팔트 바닥을 짚었다. 그런 다음 엉금엉금 기어가기 시작했다. 야옹, 내 입에서 익숙한 고양이 울음이 나올 때 나는 이제껏 경험해보지 못한 해방감을 느꼈다. 내가 그런 행동을 하게 되리라고는 생각하지 못했지만 나는 멈추지 않고 계속 기었다. 고양이가 되고 보니 이 골목이 모두 내 지배하에 놓여 있는 것 같았다. 고작 창문 안쪽에 숨어서 소리나 질러대는 싸구려 인간들과 다른 고귀한 인격이 내 안에서 무럭무럭 자라났다. 방금 공터에 술병을 내던지고 집으로 돌아가던 사내의 엉덩이를 힘껏 물어주고 싶은 밤이었다. 그럴 수만 있다면…… 신비롭게 밤을 지키고 있는 길옆의 포플러나무를 끝까지 타고 올라가 하늘에 휘영청 떠 있는 푸른 달로 뛰어오르고 싶었다. 내가 갈 곳은 거기라는 생각이 들었다. 거기, 희고 멀건 세상의 반대편, 깊은 크레이터가 존재하는 곳, 그곳으로 숨어들기 위해 고양이들은 인간들의 잠을 깨우며 새벽마다 요란을 떠는 것이다.

시시해. 나는 혼자 중얼거렸다. 인간들의 밤은 시시하다. 고작 축구 따위나 예찬하면서 젊은 사내의 몸을 탐내다니. 하지만 또 한편 활기차다. 정상적인 인간들이라면 누구나 그래야 한다. 욕망은 자연스러운 것이다. 누구도 자신을 구속하거나 속박할 수 없다. 그런 고정관념에 얽매여 한 번뿐인 인생을 정의로운 척하며 사는 것도 바보 같은 짓이다. 억누를 필요도 없다. 고양이가 되고 보니 관용이 생긴다. 웃기는 일이다. 나는 엉금엉금 기어 중국집 출입문 앞으로 가보았다. 출입문 하단에 유리가 붙어 있어서 내 모습이 고스란히 거울에 비쳤다. 거울 속엔 고양이도 돼지도 아닌, 뚱뚱해지기 직전의 재수 없게 생긴 남자가 개처럼 기면서 고양이 흉내를 내고 있었다. 나는 역겨워서 하마터면 거울을 깰 뻔했다. 차라리 뽀글 머리 장미향수가 낫다는 생각이 들었다. 그녀가 홍 선생을 좋아하는지는 알 수 없지만, 부지런히 벌어서 다섯 명 직원의 급료를 주고 아이들을 대학에 진학시키고 가끔은 교실에 홀로 남아 울고 있는 여자아이의 말벗이 되어주고 있으니 말이다. 누가 그럴 수 있을까? 나는 단 한 번도 누군가를 위로해준 적이 없다. 늘 이기적이었고 내 시간이 소중하게 쓰이길 바라는 사람이었다. 달이 갑자기 내 곁을 떠난 이유도 바로 그런 점 때문이었겠지.

몸을 일으켜 세웠다. 거리에는 나밖에 없었다. 여긴 원래 그런 동네다. 12시가 되기도 전에 대부분의 가게들이 문을 닫는다. 술집도 드물다. 나는 전속력으로 내 집을 향해 달렸다. 고양이가 아니라 치타가 된 것 같았다. 코모도왕도마뱀 따위에 물려 목숨을 잃는 물소는 되고 싶지 않았다. 만약 물소가 굳세고 강한 뿔로 코모도왕도마뱀을 들이받았다면 어떻게 되었을까. 달이 코모도왕도마뱀에 심취해 있을 때마다, 곁눈으로 동영상을 시청하면서 나는 물소의 순박한 행동에 화가 치밀었다. 물소는 세상에서 가장 이상한 녀석이고 바보였다. 제 몸무게의 10분의 1도 안 되는 코모도왕도마뱀 따위가 자신을 쓰러뜨리고 내장을 샅샅이 긁어 먹으리란 사실을 꿈에도 생각하지 못한 채, 궁륭처럼 멋들어지게 휘어진 두 뿔을 장식용으로 머리에 매달고는 시궁창 속에 주저앉아 숨을 거두고는 했다. 나는 달리고 또 달렸다. 달리며 물소를 떨쳐냈다. 공터를 떨쳐냈다. 놈의 멋진 뿔들을 떨쳐냈다. 새벽 2시였다.

## 4

 

해골, 저 해골의 중심은 어디일까. 인간처럼 뇌가 있는 것도 아니어서 해골은 그저 내가 잡아준 자세로 두 다리를 쭉 뻗고 허공만 바라볼 뿐이었다. 해골은 보고 싶은 것을 볼 수 없고 만지고 싶은 것을 만질 수 없다. 듣고 싶어도 들을 수 없고 먹고 마실 수도 없다. 그러나 해골은 내 가까이에 있다. 나는 해골이 내 방의 일부가 된 순간부터 계속해서 그것을 생각해왔다. 도대체, 저 작고 흰 몸체는 어디에서 왔는가. 살과 피, 내장은 어디에 버려졌는가. 어쩌다가 그것을 잃어버렸을까. 사고였을까. 은밀한 암매장을 당했을까. 저 해골도 한때 질투란 걸 알았을까. 눈물을 흘리며 사랑한다고 말한 적이 있을까. 최초로 이 세상에 나왔을 때 젖을 물려주던 따스한 손길을 기억할까. 횡단보도 한가운데 서서 점멸해가는 푸른빛을 보며 나처럼 어디로 가야 할지 망설인 기억이 있을까?

이 모든 것은 기억과 관련이 있다. 해골은 기억이 없다. 그러므로 해골의 과거는 오래전에 해골과 분리되었다. 그러므로 해골은 지금 눈물 한 방울도 흘릴 수 없는 것이다. 나는 여기서 참된 행복의 의미를 본다. 해골은 확실히 어떤 집착으로부터 벗어나 있다. 나는 그것에 대하여 잘 안다고 말할 수 없다. 그저 느끼고 있을 뿐이다. 한때 그녀가 좋아하던 등이 파인 흰 원피스를 입고 잔디밭을 달리던 기억, 침대로 기어오르는 반려견을 향해 사랑스러운 눈길을 주던 기억, 크리스마스이브에 머리맡에 놓인 양말 속 선물이 더는 산타의 선물이 아님을 알게 된 아침 그녀가 느꼈을 실망감과 한 뼘쯤 더 자란 복숭아뼈에 대하여, 나는 말할 수 없지만 느낄 수 있다. 이것이 지난 며칠 사이, 내가 의미 없이 지나치던 주변의 물건들에 대하여 새롭게 깨달은 점이다. 굳이 해골이 아니어도, 그것이 내 방으로 들어오는 순간 나와 그것은 보이지 않는 추억을 공유하게 된다.

내가 태어나 처음으로 해골을 본 것은 초등학교 2학년 때였다. 솔직히 고백하자면 매우 놀랍고 신비로울 뿐만 아니라 으스스한 장면이었다. 열아홉 살이 되어 군대에 입대하기 전까지 나는 충청북도에 있는 시골 마을에서 유년을 보냈다. 집이라고 해봤자 총 스무 가구 남짓이었고 인구는 백 명이 채 안 되는 곳이었다. 여느 날과 마찬가지로 나는 쇠죽 아궁이에 넣어 불쏘시개로 쓸 솔잎을 모으기 위해 친구 두어 명과 산을 올랐다. 각자 제 몸이 들어가고도 남을 마대자루를 하나씩 옆에 끼고 한 손에는 낫과 갈퀴 등속을 챙겨 들었다. 솔잎을 모으는 데는 오래 걸리지 않아서 우리는 그동안 가보지 못했던 골짜기 깊숙한 곳까지 들어가 보았다. 가을의 끝 무렵이어서 산밤과 도토리 따위가 수풀에 어지럽게 떨어져 있었다. 혹여 가을에 출몰하는 독사라도 나올까 발목 주변에 주의를 기울이면서 점점 더 깊이 들어갔을 때 우연찮게 누런 뼈를 보고 말았던 것이다.

묘지로 짐작되는 자그마한 봉분 앞이었다. 봉분은 이미 수풀에 둘러싸여 원래 형체를 잃은 지 오래였다. 자손들이 근 몇 십 년 동안 한 번도 와보지 않은 묘지가 분명했다. 묘지 곁을 지나갈 무렵 우리는 동시에 어떤 의혹에 휩싸여 걸음을 멈췄다. 누런 뼈 하나가 묘지 밖으로 나와 있었다. 지난여름에 내린 폭우에 봉분 일부가 허물어져 속이 드러났던 것이다. 어쩌면 뱀이나 오소리 같은 짐승들이 파헤쳤는지도 모르겠다. 아무튼 누런 것이, 둥

그스름한 해골이라는 사실을 알기까지는 그리 오랜 시간이 걸리지 않았다. 우리는 호기심에 낫으로 해골을 툭툭 쳐보았다. 해골에서는 둔탁한 소리가 났다. 옆 동네 암자의 늙은 중이 목탁을 탁, 하고 두드리는 소리 같았고 골짜기가 비밀스럽게 숨긴 어떤 노래인 듯했다. 하지만 좋은 느낌은 오래가지 않았다. 순간, 정말 놀랍게도 묘 깊숙한 곳에서 갈퀴처럼 생긴 손이 튀어나와 우리의 얼굴로 확 다가들었던 것이다. 우리 셋은 정말로 혼비백산해서 미친 듯이 산을 달려 내려왔다. 훗날 어른들이 올라가 묘를 다시 정비했지만 우리가 본 손가락뼈는 발견되지 않았다고 한다. 다들 헛것을 본 거라고 우리를 나무랐지만 셋이서 동시에 헛것을 볼 리가 없다고 나는 지금도 확신하고 있다.

내가 두 번째로 해골을 보게 된 것은 고등학교 과학실에서였다. 놀랍게도 과학실엔 진짜 인간 해골이 유리병에 담겨 있었다. 해골 여기저기엔 매직펜으로 누군가 전두골이니 하악골이니 하는 명칭을 적어놓았다. 과학 선생의 말에 의하면 해골은 일제강점기부터 그 자리를 지키고 있었다. 고등학교는 일제강점기에 지어진 학교였고 역대 교장 이름 중엔 한자 네 개로 이루어진 이름들도 많았다. 이를테면 아베 신조安倍晋三처럼 말이다. 초창기의 어떤 교장은 긴 칼을 차고 있었는데 지금 생각해보면 그런 사진이 여전히 초등학교 건물 복도에 걸려 있다는 것은 매우 놀라운 일이다. 더 놀라운 사실은 해골의 주인이 당시 조선인 사형수였다는 데 있다. 다시 말해 독립운동을 했던 우국지사였을 수도 있다는 얘기다. 친구들은 그런 사실을 모른 채 해골을 보며 히히덕거렸다. 물리를 좋아해서 과학실 청소 담당을 자처했던 나는 기회를 보아 해골이 든 유리병을 빼돌리기로 결심했다. 어느 날 과학실에 갔다가 창문을 뚫고 들어온 햇볕이 유리병에 비치는 순간, 유리병 속의 해골이 너무 불쌍하게 여겨졌던 것이다. 왜 갑자기 그런 마음이 들었는지는 모르겠다. 그때까지 과학실을 떠나지 못했던 해골의 정령이 나를 움직이기라도 한 걸까.

좀 싱거운 얘기지만 해골을 훔치는 일은 아주 쉬웠다. 과학실에는 해골 말고도 수백 개의 표본들이 있었고 해골 하나가 사라졌다고 해서 꼭 누가 책임을 질 필요도 없었다. 과학실을 담당하며 열쇠를 미리 복제해놓았던 나는 졸업을 하고 이틀이 지난 뒤 초저녁에 몰래 학교로 들어가 해골을 훔쳐냈다. 시시티브이가 지금처럼 생활화되기 전이어서 나는 완전범죄를 해냈다. 아니, 그렇다고 믿었다. 하지만 그걸 본 사람이 있었다. 학교 정문 옆에 쪽방을 만들어놓고 거기서 먹고 자던 늙은 수위였다. 월남전에 참전했던 유공자이기도 했다. 그는 기역자로 꺾인 군용 전등으로 나를 비추며 무엇을 하느냐고 물었다. 과학실 복도를 빠져나올 때 구석을 돌아오던 그와 정면으로 마주쳤던 것이다. 늙은 수위는 전에도 안면이 있었던 터라 나는 도망가기보다는 솔직히 학교에 온 이유를 설명했다. 손에 들린 해골을 보자 그는 물었다. 해골로 무엇을 할 생각이었냐고. 나는 해골을 묻어주고 싶다고 대답했다. 수위는 자신을 따라오게 한 뒤 수위실 뒤에 세워둔 삽을 꺼내왔다. 수위와 나는 설립자의 동상이 있는 학교 뒷산으로 올라가 큰 소나무 밑에 해골을 묻었다. 일이 끝나고 헤어질 무렵 수위가 나에게 말했다. 내가 하고 싶었던 일을 학생이 대신 해줘서 고맙다고.

나는 대학을 가지 않고 곧장 군 입대를 택했다. 2월 13일에 졸업을 했고 3월 15일에 군에 갔는데 아직 변성기도 지나지 않은 나이였다. 나는 대한민국 청년이라면 누구도 피해갈 수 없는 보편적인 문제부터 해결하고 싶었다. 겨울이면 동상이 심해졌으므로 제발 따뜻한 곳으로 배치되기를 희망했지만 여지없이 남쪽 땅에서 가장 멀리 떨어진 강원도 철원으로 배치되었다. 1999년 초봄의 일이었다. 제대하던 해에 월드컵이 열렸기에 나는 군 입대 시기를 아직도 정확히 기억하고 있다. 내가 그곳에서 30개월

동안 고생한 얘기는 본질이 아니므로 생략하기로 하자. 아무튼 그해 가을에 나는 태어나서 세 번째로 그것, 해골을 보게 되었다. 남한과 북한을 가르는 경계선 인근 강원도 철원 금학산 자락에서 적의 침공에 대비하여 참호를 파던 중이었다. 선임하사가 이곳이 예전 한국전쟁 때 치열한 격전지였다는 설명을 하고 막 돌아설 때, 내가 들고 있던 삽 끝에 무언가 딱딱한 것이 걸려 올라왔다. 사람의 대퇴부였다.

"야, 누가 가서 막걸리 좀 사와 봐."

선임하사가 고참병들에게 지시하는 사이 나는 해골 주변을 부지런히 파냈다. 반쯤은 어딘가로 날아가 버린 해골은 소나무 뿌리에 얹혀 있었고 손가락뼈는 아직 썩지 않고 남아 있던 미제 M1 개런드 소총 방아쇠에 걸려 있었다. 뼈의 주인은 몰려드는 적군을 향해 사격을 하다 목숨을 잃었던 것이다. 아쉽게도 군번줄이나 수첩은 발견되지 않았다. 번거로운 일을 싫어했던 중대장은 산등성이에 땅을 깊게 판 뒤 수습된 뼈를 묻어주고 막걸리 한 잔을 부어주었다. 나는 그날 밤 신비로운 꿈을 꾸었다. 허름한 군복을 입은 앳된 소년 하나가 내게 큰절을 올리는 꿈이었다. 내게 절을 올린 뒤 소년은 자신의 이름을 '학범'이라고 소개했다. 학범은 자신을 따라오라는 듯 앞장서서 달리기 시작했다.

산과 들이 휙휙 지나가더니 학범의 발걸음이 닿은 곳은 전라도 해남의 어느 농촌 마을로 짐작되는 곳이었다. 마을 입구에 '구사리'라고 적힌 나무 푯말이 세워져 있었다. 학범의 뒷모습이 정령처럼 마을로 쑥 빨려 들어갈 때 나는 잠에서 깨어났다. 제대 후에 나는 학범이란 병사가 실제로 있었는지 국방부에 문의를 해보았지만 동일인을 찾지는 못했다. 인터넷을 뒤져 구사리란 마을을 찾아보았지만 그런 마을 역시 찾을 수는 없었다.

해골은 한동안 잊혀졌다. 제대 후 나는 뒤늦게 대학을 들어갔고 졸업한 뒤에는 타인들과의 경쟁에서 물러나 평범한 삶을 선택했다. 주중에는 아이들을 가르치고 주말에는 휴식을 취하는 평범한 일상이었다. 시간이 조금 더 날 때는 취미 삼아 소설을 썼다. 몇 번 연애를 했으며 그중 한두 번은 끔찍할 정도의 상처를 서로에게 남겼다. 상처를 주고받을 때마다 나는 한때 내 가슴에 안겼던 따스한 가슴과 목덜미에서 풍기던 향수 냄새와 내가 힘들 때 뜨겁게 잡아주던 손을 생각했다. 여자들의 신체가 주는 물렁하고 뜨거운 감촉을 나는 그리워했다. 촉촉한 입술과 입술이 열리고 나를 향해 건네지던 무수한 말들, 사랑해, 혹은 보고 싶어 따위의 말들을 그리워했다. 그들의 몸에서 나던 냄새와 정치적인 문제에 대하여 이야기할 때 공감하고 함께 고개를 끄덕이던 순간을 그리워했다. 그런 모든 동작과 언어들은 한 인간을 이루는 모든 것이었고 인간이 인간에게 베풀 수 있는 가장 극진한 예의였다. 그 속에 숨은 뼈는 아무것도 아니었다.

우리 모두가 몸속에 해골 하나씩을 숨기고 있지만 어떤 사건이 제 몸을 두드리기 전에는 이를 느끼지 못한다. 자신 앞에 한껏 꾸미고 앉아 웃고 있는 여인이 실은 퀭한 두 눈을 지닌 해골을 숨기고 있음을 누구도 알지 못한다. 직접 눈으로 본 적이 없기 때문이다. 영화에서, 만화에서 숱하게 해골을 접했지만 누구도 해골을 진지하게 들여다본 적은 없다. 주말이면 패스트푸드점에 앉아 적당히 익은 햄버거를 씹어대면서 얼마나 많은 소들이 잔인하게 도살되는지 알고 싶어 하지 않는 것과 같은 이치다. 해골은 해골이다. 해골이 대단히 큰 의미를 지닐 수는 없겠다. 하지만 어떤 해골이든 그것은 단순한 해골이 아니다. 고등학교 과학실에 놓였던 유리병 속의 해골처럼 수많은 질문과 기호를 숨기고 있다. 그것들은 필연적으로 흙과 대면한 채 나무와 함께 썩어가거나 뜨거운 불판 위에 얹혀 완벽하게 존재를 삭제 당하게 된다. 살아 있는 사람들은 그런 문제에 대하여 진지하게 생각하지 않는다. 해골은 우리에게 외친다! 죽음은 죽음일 뿐이다.

언젠가 나는 이런 문제에 대하여 보다 깊게 생각할 기회를 얻었다. 대학교 때 나는 부전공으로 문학을 선택했다. 그때 진지하게 우리들에게 시를 가르치던 교수가 있었고 나는 그를 진심으로 존경했다. 그는 시인으로도 꽤 이름이 알려진 편이어서 나는 밤새워 그의 시를 읽고 수업 시간에는 단 한 마디도 놓치지 않기 위해 늘 앞자리를 고수했다. 졸업 후에도 그와 계속 연락을 하고 살았다. 내가 임용고시에 자꾸 떨어지자 하루는 전화를 걸어와 자네 재능이 아까우니 시를 써보는 게 어떻겠냐고 권유하며 격려한 적도 있다. 그 후 2~3년간 연락이 끊겼는데 그사이 폐질환에 걸려 돌아가셨다는 연락을 받았다. 장례식장에는 그를 존경했던 제자들이 백 명 정도 모여 있었다. 검은 양복을 차려입은 채 우리는 스승의 관을 운구했고 조사를 낭독하고 눈물을 훔쳤다. 스승의 관은 제자들의 배웅을 받으며 화장장 건물 일층에 있는 화장로로 옮겨졌고 곧이어 불길에 휩싸였다. 제자들은 그사이 식권 하나씩을 들고 지하 식당으로 내려갔다. 그곳에서 우리는 식판 가득 뜨거운 육개장을 받아와 후르륵거리며 목으로 넘겼다. 죽은 사람은 죽은 사람이고 산 사람은 살아야 한다는 격언 그대로였다.

뭔가 이상한 느낌을 받은 것은 밥을 반쯤 먹었을 때였다. 머리 위에서 살이 타는 냄새가 나기 시작했다. 분명 살이 타는 냄새가 나는데 다들 그걸 모르는지 먹는 일에만 열중했다. 나는 고개를 들어 천장을 보았다. 천장엔 기묘한 흔적들이 둥글게, 점점이 새겨져 있었다. 꼭 죽은 까마귀의 눈알 같았다. 누수가 된 걸까. 일층에서 진물이 흘러내려 천장에 얼룩을 만들었던 것이다. 그렇군! 나는 고개를 끄덕였다. 순간, 스승의 몸을 태우는 화장로가 바로 내 위에 위치해 있다는 사실을 깨달았다. 공교롭게도 화장로 바로 밑에 식당이 있었고 화장로와 식당의 거리는 수직으로 1미터도 되지 않았다. 바로 머리 위에서 스승의 살과 피가, 해골이 타고 있는데 모여 앉아 만찬을 즐기고 있는 꼴이라니. 나는 화장실로 달려가 먹은 것을 게워냈다. 다들 나를 이상한 눈으로 바라보았다. 한 시간 뒤 스승의 뼈가 곱게 빻아져 나무상자에 담겨 나왔을 때 나는 사라져버린 스승의 눈을 생각했다. 눈이 도망갔다. 눈알은 결코 불에 타지 않는다. 그것들은 화장로를 뚫고 나와 벽과 천장을 타고 이동한다. 나는 지하 식당에서 분명히 그 눈알들을 본 적이 있다.

지금 내 방 침대에 누운 해골도 그럴 터였다. 어딘가에 눈알을 남겨두고 왔을 것이다. 그걸 찾아낸다면 해골의 정체와 맞닥뜨릴 수도 있지 않을까. 본다는 것은 살과 피를 가진 생명체들의 특권이다. 해골은 그런 특권을 잃어버렸다. 존재하는 생명체는 자신의 목숨을 결정짓는 순간을 피할 수 없을 때가 있다. 그건 존재자들의 숙명이다. 느닷없이 옆구리에 칼을 들이대는 노상강도나 운전자 의지와는 다르게 뒤집혀서 가드레일을 들이받는 자동차, 내장을 위협하는 각종 세균들, 제멋대로 증식하는 종양들, 폐렴과 같은 호흡기 질환들, 심장을 위협하는 날씨와 온갖 이질적 요소들, 각종 테러와 비행기 사고 같은 것들을 생각해보라. 그것들은 예고도 없이 찾아와 살과 피를 취한다. 그러고는 존재를 텅 비워버린다. 존재는 이제 자기 의지가 아닌 타의에 의해 힘겹게 뼈대 하나를 지탱해야 한다. 그마저도 제 마음대로 하지 못해 과학실 유리병에 담겨 수십 년을 견뎌야 하는 것이다. 우리는 그것을 죽음이라고 부른다. 나는 '체념'이라고 부르겠다. 우리는 태어날 때부터 그런 선택을 할 수 없도록 운명 지워진 생명체이기 때문이다. 장난기 많은 괴짜 신이 만들어놓은.

# 5

해골이 내 방으로 와 나의 일부가 되었지만 이걸 어디에 쓸 수 있을지 모르겠다. 해골은 단지 관망자에 불과하다. 내가 밥을 먹어도 이를 닦아도 가끔 수음을 해도 아무런 참견도 하지 않는다. 그는 침묵을 좋아하는 연인, 침묵을 미덕으로 아는 석회질이었다. 그것의 혀는 오래전 바람과 공기로 변해 흩어졌고, 얼굴은 오래전 구름과 나무의 일부가 되었다. 입과 귀는 말하는 법과 듣는 법을 잊어버린 채 구더기와 함께 썩어갔을 것이다. 또 심장은 누구도 사랑하지 못하고 여전히 기다리고 있을 것이다. 요컨대 이것은 어떤 희생인지도 모른다. 어떤 미덕인지도 모른다. 어떤 기호와 원소들은 존재 자체로도 공간에 생기를 불어넣는다. 이것은 어떤 온기도 어떤 혈관의 흔적도 없었다. 하지만 어떤 심장보다 뜨거웠다. 이것이, 이 가느다란 뼈의 조합이 갖고 있는 기쁘지도 슬프지도 않은 힘이었다.

그것은 어느 날 갑자기 휑하니 비어버린 내 방의 뼈대가 되었다. 공간에 중심이 생기고 그곳으로부터 작고 희미한 숨소리 하나가 생겨나는 것 같았다. 착각이 아니었다. 그것은 선한 기생충처럼 허공을 갉아먹으며 자라났다. 허공이란 본래 빈 공간이 아니다. 때로 사악한 기운으로 가득 차 있기 마련이다. 선반에 쌓인 맥주 캔들, 버려진 휴지들, 오래전 연인이 남긴 머리카락 같은 것들, 아직도 방을 떠나지 못하고 있는 웃음소리들, 질 나쁜 대화들, 생일 케이크에 불을 붙인 뒤 훅 꺼버렸던 그날의 성냥에서 풍기던 알 수 없는 누린내, 현관의 신발장에서 올라오는 썩은 냄새, 하수구의 역겨운 기억과 한 번도 펼쳐 보지 않은 소설책 따위가 품고 있는 쓸데없는 문장들, 영수증에 찍힌 붉은 도장이 풍기는 불편함…… 방이란 본래 아무렇지도 않게 그런 것들을 펼치고 주저앉아 있기 마련이다. 해골은 본래의 살과 피를 잃고 더 큰 공간의 주인이 되려 하고 있었다. 나는 분명 해골을 통제한다고 생각했지만, 내 의사와 무관하게 그것은 계속해서 제 영역을 넓혀갔다.

라면 한 봉지를 끓여 먹고 다시금 친애하는 해골 곁으로 돌아왔다. 오늘따라 해골의 이마 부위가 유난히 하얬다. 어깨는 좁았다. 해골은 팔다리를 가지런히 모은 채 이불 속에 얌전히 누워 있었다. 손으로 쇄골을 문질러보았다. 팔다리가 각다귀처럼 흔들렸다. 나는 두 눈을 부릅뜨고서 보이는가 하면 또 한편 보이지 않는 어떤 얼굴을 떠올리려고 애썼다. 그러자 거짓말처럼 얼굴이 획, 하고 지나갔다. 그게 누구라고 콕 집어 말할 수 있는 이미지가 아니었다. 그냥 지나갔다. 어쩌면 내가 자주 가는 슈퍼 주인 여자였을지도 모른다. 아니, 고등학생 때 짝사랑한 적이 있는, 목에 점이 있던 S라는 여자가 아닐까. 아니다, 어느 날 우연히 번화가에서 만났던 대학 동창이 아닐까. 그녀는 지금 다른 남자와 결혼을 했으며 아이를 가졌다고 말했지. 그런데 실은 너를 사랑했었다고, 그래서 힘들었다고 털어놓았다. 그런 종류의 침묵, 아쉬움, 해골은 그런 존재가 아닐까. 그날 나는 엄청난 적의를 느꼈다. 무엇에 대한 적의일까. 이유는 무엇일까. 그 여자를 갖지 못한 아쉬움 때문에? 아니면 바쁜 시간에 길에서 그런 시시껄렁한 이야기나 듣고 있어야 하는 존재에 대한 처연함 때문에? 그도 아니라면 그날 날씨가 너무 더웠던 탓일 것이다.

중요한 것은 그게 아니다. 나는 며칠 전 한 여자와 헤어졌다. 어떤 변명의 말도 듣지 못했다. 아니다. 그건 중요하지 않다. 함께 밥을 먹을 여자가 사라졌다. 함께 영화를 보고 정치인들 흉을 보고, 새로 나온 세븐일레븐 신상 도시락과 치즈불닭라면을 맛볼 상대가 사라졌다. 아주 단순한 이유였다. 그러니까, 누군가와 헤어져서 슬펐던 게 아니다. 내 말을 들어주고 서로의 그림자를 밟으며 산책할 대상이 사라진 것이다. 충분히 슬퍼할 이유가 되는 일이었다. 그래서 혼자 맥주를 마시고 가끔 그녀의 집 근처에 갔으며 해골을 들여다보는 일로 시간을 보냈다. 그러다가도 출근 시간이 다가오면 셔츠를 말끔히 차려입고 학원으로 나갔다. 그런 다음 매번 열댓 명쯤 되는 학생들 앞에서 슈뢰딩거의 고양이나 양자 중첩 따위를 함부로 떠들어댔다. 반 이상은 내 말에 귀를 기울이기보다 시간을 때우고 있었다. 나는 그들을 존중했다. 나 역시 시간을 버리고 있었으니까. 강의실마다 설치된 시시티브이는 결코 그런 인간의 내면을 잡아내지 못한다. 우리는 다만 현재라고 이름 지어진 순간을 견뎌야 했다. 시간은 상대적이어서 기쁜 일이나 슬픈 일에 따라 제멋대로 늘어지고 휘어졌으니까.

사랑은 존재 없이 규명될 수 있을까. 그림자를 질질 끌고 집으로 돌아올 때마다 나는 엉뚱한 생각에 사로잡혔다. 그럴 때마다 나는 점점 작아졌다. 감사한 일이었다. 소립자보다 더 작아졌다. 점점 작아져 어떤 시공간으로도 규정되지 않는 우주의 지평으로 소멸해갔다. 무언가를 떠나보내는 일은 그런 것이다. 해골도 한때 그랬을 것이다. 너도 한때 그랬겠지. 해골의 광대뼈에 가만히 귀를 대보았다. 아무 소리도 들리지 않았다. 그러나 아우성치듯 어떤 선명한 소리가 지나갔다. 목덜미 어딘가에 근사한 타투를 했을지도 모른다. 어쩌면 팔뚝 근처였는지도 모르겠다. 아니, 대퇴부 안쪽이 아니었을까. 거기라면 온전히 제 몸의 풍경을 숨겨둘 수 있을 테니까(당신이 그랬듯이). 아니, 아홉 번째 갈비뼈 근처였는지도 모른다. 거기 동전만 한 점이 있지 않을까. 않았을까, 가 아니라 않을까, 라고 써본다. 어떤 공간에서 호흡이 계속해서 느껴졌던 탓이다. 그것은 여기 분명히 존재한다. 해골은 무엇도 사랑한다고 말한 적이 없다. 그러나 존재한다. 누군가 저 반대편에서 가공의 상자를 열어버렸는지도 모른다. 순간 세상에 튀어나온 해골로 규정되어버린 존재, 죽음의 과정을 거치고, 석화의 과정을 거치고, 비바람 속에서 묵묵히 기다리다가 비로소 제 존재를 드러내 보이며 내게 온갖 추측과 미혹을 불러일으키고 있는 존재, 존재가 아닌 무엇.

　어쩌면 저 보잘것없는 해골은 한때 유능한 악기였는지도 모른다. 어머니의 자궁 속에서 심장을 콩닥거리며 스스로 진동했던 날의 환희, 낯선 손바닥에 엉덩짝을 맞아가며 자궁을 빠져나와 터뜨렸던 첫 울음의 선명함, 아버지가 태워주는 목마에 올라 처음으로 바라보았던 담장 너머의 세상, 그 세상과 호흡을 맞추던 꽃과 나비를 보며 재잘대던 기억들, 성장하며 느꼈던 온갖 종류의 희로애락, 사랑을 알게 되었을 때 그 작은 입술을 떠났던 말들과 태어나 처음 직면한 가까운 사람의 죽음 앞에서 흘렸던 눈물…… 팔을 흔들며 걸어갈 때마다 수많은 음표들이 그녀의 주변으로 흘러 다녔을 것이다. 심장은 메트로놈처럼 해골의 호흡을 기록했겠지. 그러다가 어느 순간 소리를 잃어버렸다. 그러니까 죽는다는 것은 소리를 잃는다는 것이다. 더 이상 무엇도 연주할 수 없게 되었음을 의미한다. 그리고 침묵했을까. 아니면 비명을 질렀을까. 소리를 내던 모든 사물은 쓰임이 다하는 순간 필연적으로 두 가지 선택에 직면하는 것이다. 가장 높은 음계에서 전 생애를 멈추거나 침묵하거나.

개수대 위로 비죽 튀어나온 젓가락이 보였다. 뇌로부터 어떤 구체적인 명령을 받기도 전에 내 의식이 일으켜 세워 나는 젓가락을 들고 해골 곁으로 돌아왔다. 나는 길고 얇은 금속 막대를 해골의 가슴뼈 하나에 대고 퉁겨보았다. 텅, 믿을 수 없이 맑은 소리가 났다. 예상 밖이었다. 뼈대 안에 리듬을 숨기고 있다니. 이

번엔 쇄골에 대고 퉁겨보았다. 비슷했지만 보다 가는 느낌의 소리가 났다. 어느 곳을 두드려도 마찬가지였다. 그것은 음악이었다. 내 방에 음악이 들어와 있었다. 젓가락을 내던지고 해골의 발가락 하나를 살짝 구부렸다가 놓았다. 팅, 하는 소리가 났다. 손가락에선 조금 더 구체적으로 대금을 뜯을 때와 유사한 소리가 났다. 해골의 주인이 섬세한 손으로 악기를 연주하는 장면이 상상되었다. 연주하는 그녀를, 땀을 흘리는 그녀를, 입으로 어떤 음을 중얼거리는 그녀를 사랑스러운 눈길로 쳐다보는 한 사내가 연상되었다. 사내는 어느 날 사랑을 고백하고 해골의 입술에 키스했을 것이다. 사내는 촛불을 훅, 하고 불어 끄고는 붉은 미시안 몇 송이를 그녀에게 전했을 것이다. 저 사내는, 저 사내는, 그러나 울고 있다. 하나의 상징이 품고 있는 이미지들이란 대개가 그런 것이다. 희로애락의 불안전환 순환, 뼈는 그것을 숨기고 있다. 그러나 나는 뼈의 내부에서 나는 소리를 들을 수 없다.

　사랑해! 뼈가 말했다. 아니다, 지금은 뼈지만 한때 사람이었을 그것이 말했다. 너를 알고 싶어. 너의 모든 것을, 발가락의 휘어짐, 엉덩이의 점 두 개, 유달리 튀어나왔던 꼬리뼈, 왼팔 안쪽에 은밀하게 자리한 피보나치수열 모양의 타투. 사랑한다는 건 무엇이지? 어느 한낮 침대에 누워 가슴을 조몰락거리며 너의 연인은 그렇게 중얼거렸을 것이다. 사랑한다는 생각, 그 생각은 어디서 오는 걸까. 이 순간 너에 대한 생각, 너를 안고 싶다는 생각, 이제 그만 지쳤으니 너를 떠나겠다는 생각. 생각은 또 어디서 오는 걸까. 우리의 몸은 온전히 한 사람의 것인가? 누가 그런 것들을 강제하는가. 윤리와 도덕, 선의, 열어놓은 창문에 비친 날개를 늘어뜨린 채 날아가던 검은 새의 그림자, 어느 날 창문으로 날아 들어와 바닥으로 떨어진 작은 참새 한 마리의 죽음, 섹스를 할 때마다 환풍구 밖을 기웃거리던 검은 도둑고양이, 어느 날 아침 누군가 대문 앞에 버리고 갔던 팔다리가 떨어져 나간 마네킹의 섬뜩한 느낌, 어느 바람 부는 날 이웃집 차고에 처박혔던, 고장 난 피아노 현이 툭 끊어지며 울려대던 불협화음들, 검은 개를 끌고 오후 4시면 골목을 지나가던 이웃 빌라 남자의 눈에 비친 멍청한 살의殺意 같은 것들.

궁금해졌다. 해골은 어떤 답도 주지 않았다. 다만 듣고 있었다. 오후 5시, 해골을 방에 둔 채 밖으로 나왔다. 수요일이었다. 골목에는 헌옷수거함이 두 개나 있었다. 그중 하나에 입고 있던 점퍼를 벗어 욱여넣고 담배를 피웠다. 담배를 다 피운 뒤 주머니에 손을 집어넣고 허리를 약간 구부린 중늙은이 같은 자세로 걸었다. 담벼락에 누군가 스프레이로 그림을 그려놓았다. 미국 화가 장미셸 바스키아 그림을 흉내 낸 물결무늬 그라피티였다. 나는 또다시 어떤 적의를 느꼈다. 나는 그런 종류의 인간들을 좋아하지 않는다. 남의 담벼락에 함부로 그림을 그리거나 높은 빌딩에 몰래 올라가 뛰어내리며 히히덕거리는 종류의 인간들 말이다. 확실히 그들은 사랑이 결여돼 있다. 공간에 애정을 줄 줄 몰랐다. 그들도 나처럼 누군가와 결별한 기억들이 있을까. 매일 오후 검은 개와 함께 골목을 오르내리는 사내도 그런 종류의 인간이겠지. 따지고 보니 누구의 잘못도 아니었다. 이건 인간들이 제 삶을 견디는 하나의 방법이었다. 그러니까 그들은 자기를 사랑할 줄 모르는 사람들이었다.

사거리로 내려가자 마침 택시 한 대가 다가왔다. 택시 기사는 날씨만큼이나 표정이 굳어 있었다. 나는 라면 냄새를 풍기며 목적지를 말했다. 기본요금보다 얼마 더 나오는 거리였다. 택시에서 내린 뒤 휴대전화를 꺼내 시간을 확인했다. 정확히 10분 전이었다. 나는 학교 정문을 통과해 명우관이라는 곳으로 올라갔다. 명우는 대학교 설립자의 호였다. 그녀는, 그러니까 달은 정확히 10분 후 명우관 현관을 빠져나오게 돼 있었다. 오늘은 수요일이고 지금은 단 한 번의 결석도 하지 않고 매번 앞자리에 앉아 강의를 듣는 그녀가 '동양철학의 이해'를 듣고 나오는 시간이었다.

헤어지기 전까지, 나는 다섯 번도 넘게 명우관 앞에서 그녀를 기다렸다가 함께 밥을 먹으러 갔다. 그러니까 지금의 행차는 일종의 습관 같은 것이었다. 결별을 선언했다고 해서 단박에 습관을 끊어낼 수는 없는 노릇이다. 이런 자기 합리화는 나를 몹시 슬프게 했다. 그녀의 둥근 얼굴이 생각나지 않았던 것은 아니다. 그러나 나는 보고 싶었다, 따위의 말은 절대로 하고 싶지 않았다. 다만 며칠 전에 그랬고 한 달 전에 그랬던 것처럼, 그녀가 수업을 마치고 나오는 장면을 물끄러미 바라보고 싶었던 것이다.

그러나 순진한 상상들은 언제나 인간을 배반한다. 그녀다. 분명히 그녀였다. 어디서 봐도 눈에 환히 띄는 얼굴이 거기 있었다. 수많은 머리통들이 지나갔다. 빨간 머리통, 노란 머리통, 검은 머리통, 검거나 갈색이거나, 파마머리거나 곱슬머리거나 혹은 박박 밀어버린 머리들이 통통 계단에 튕기듯 경쾌하게 걸어 내려와 흩어졌다. 이미 존재이기를 포기한, 그림자가 된 나는 그녀와 10여 미터 거리를 유지한 채 조용히 뒤를 따랐다. 여느 날과 다름없이 그녀와 함께 집으로 돌아오는 것이다. 공터에서 포옹을 하고 손을 흔들며 헤어지는 것이다. 이미 2년 전부터 익숙해진 모습이었다. 함께 상대의 눈을 쳐다보며, 재미없는 철학 강의에 대하여 종알거리는 얘기를 들어줄 수는 없게 되었지만, 조금 떨어진 곳에서 밥 먹는 그녀를 지켜보다가 함께 버스를 타고, 함께 골목을 거슬러 올라, 공터가 있는 붉은 벽돌 빌라 계단으로 사라지는 그녀를 지켜보면 그만이었다. 어떤 폭력 행위의 결의도 없었다. 나는 폭력을 싫어한다. 가장 안전한 방법으로 그녀를 지켜보고 싶었고 그건 헤어진 연인이 할 수 있는 하나의 방어기제라고 생각했다. 한 번 정도는 그럴 수 있지 않은가, 하고 말이다.

그녀는 바삐 교문을 빠져나갔고 학교 앞에 펼쳐진 먹자골목으로 진입했다. 그녀가 당도한 곳은 'black out'이라는 술집이었다. 그녀는 안쪽 구석으로 가더니 노란 테이블 한쪽을 차지하고 앉았다. 맞은편엔 또래로 보이는 청바지 입은 청년이 앉아 있었다. 키가 작았고 머리카락은 단정했다. 눈썹이 진했다. 그 아이의 얼굴을 보는 순간 불길한 예감이 심장을 쪼개며 지나갔다. 나는 나를 저주했다. 보지 말아야 할 것을 보고 있다. 악마가 나를 이 장소로 이끌었던 것이다. 편의점으로 가 맥주 한 병을 산 뒤 다시 카페가 보이는 곳까지 왔다. 두 사람은 안주를 시켜놓고 술을 마시고 있었다. 유치하지만 이별의 배후는 명약관화해졌다. 언젠가 오고야 말 것이 오고 말았다. 너무도 당연한 일이 닥친 것인데, 나는 앞으로 닥칠 일에 대한 두려움으로 손발을 덜덜 떨었다. 이는 인간 세상에서 너무도 흔하게 일어나는 일이다. 쓰임이 다

하면 언제든 폐기할 수 있는 것에 우리는 사랑이라는 이름을 붙였다. 그것에는 어떤 숭고미도 없었다. 다 마신 술병으로 내 대퇴부를 힘껏 때렸다. 둔탁한 소리가 났다. 내 머리통을 부수고 싶었지만 차마 술병을 들어 올리지는 못했다.

바람이 차서 그런지 몸이 계속해서 떨렸다. 하지만 나는 두 시간 동안 끈질기게 자리를 지켰다. 그 자리에 묻혀 뼈만 남는다고 해도 떠날 생각은 없었다. 마침내 두 남녀가 카페를 나서는 게 보였다. 둘은 서로 옆구리를 낀 채 조금 비틀거렸다. 행선지가 그 흔한 모텔이나 호텔이 아니길 바랐다. 그들은 내 예상을 깨주겠다는 듯 꽤 긴 시간을 걸어서 마침내 어느 반지하 계단으로 내려갔다. 사내아이의 자취방이었다. 열쇠를 꺼내는 사내아이 몸에 감긴 그녀를 보면서 나는 걸음을 멈췄다. 행복하지도 불행하지도 않은 얼굴이었다. 아침에 밥을 먹고 일어나 강의를 듣는 행동의 일환인 것 같았다. 불이 켜지고 꺼졌다. 담배 한 개비를 꺼내 다 태울 때까지도 불은 켜지지 않았다. 내가 할 수 있는 일이란 뒤돌아서서 전속력으로 집을 향해 뛰는 것이었다. 10킬로미터 가까운 거리를 걷다 뛰다 했다. 온몸이 땀으로 젖어들었다. 시간은 두 시간쯤 지나 있었다. 섹스를 세 번은 했을 시간이었다. 소변이 마려웠다. 나는 좁은 골목을 찾아 들어가 어느 불 꺼진 집

대문 근처에 소변을 보았다. 해골이, 어떤 적의도 없이 나를 기다리고 있을 해골이 너무나 보고 싶었다.

그 순간 나는 오싹한 기분에 사로잡혔다. 나는 유령이나 귀신을 믿지 않는다. 그러므로 그런 종류의 공포에서 조금은 자유로운 편이었다. 한데 그날은 달랐다. 커다란 눈동자 하나가 히뜩, 뒤에서 나를 노려보고 있었다. 형체가 보이지 않는 무엇이 어둠 속에서 살아서 꿈틀거렸다. 자세히 보니 그것은 맞은편에 지어진 2층짜리 빌라였다. 창문으로 눈알을 내놓고 나를 내려다보며 마치 어깨춤을 추듯이 위협하듯이 출렁이고 있었다. 비단 그 집뿐만이 아니었다. 옆의 과일 가게도, 뒤편의 주차장 타워도, 모두가 펄펄 살아서 흔들흔들 춤을 추고 있었다. 굉장히 위협적인 장면이었다. 골목과 골목으로 잇대어진 모든 길들이, 길과 이어진 세계의 모든 것이 나에게 등을 돌리고 있는 것 같았다. 나를 압사시키기 위해 세상이 일치단결하여 주도면밀하게 움직이고 있었다. 만약 횡단보도 맞은편 신호등의 불빛이 바뀌지 않았다면, 나는 정말로 수백 톤의 콘크리트에 깔려 죽었을지도 모른다. 신호등 불빛이 푸른빛으로 변하는 순간, 나는 온 힘을 다해 집으로 뛰었다.

해골은 여전히 방구석에 누워 있었다. 키가 한 뼘쯤 자란 느낌이었지만, 실제로 재보지는 않았다. 나는 해골을 쳐다보며 냉장고에서 꺼낸 맥주를 들이켰다. 섹스를 끝낸 그녀가 잠깐의 단잠을 잔 뒤 집으로 돌아가기 위해 옷을 주워 입을 시간이었다. 그녀의 집안은 엄격한 편이어서 11시로 귀가 시간이 정해져 있었다. 그건 불과 얼마 전까지 내가 음미하던 행위였으나 지금은 온전히 타인의 방에서 타인의 침대에서 타인의 입술 위에서 타인의 뼈대 위에서 벌어지고 있다. 나는 기침을 한다. 그냥 기침이 났다. 슬프지도 기쁘지도 않았다. 나는 인터넷에 접속했다. 포털 사이트에는 설날 선물로 어느 불교 종파의 총본산에 육포를 보낸 야당 정치인에 대한 기사가 메인으로 올라와 있었다. 기사를 클릭하기도 전에 웃음이 터졌다. 하하하. 나는 배꼽을 잡고 웃었다. 하마터면 의자가 뒤로 젖혀져 허리를 다칠 뻔했다. 정의를 위해 대통령을 보좌하겠다는 비장한 글을 SNS에 올리고 청와대에 입성했던 연예인이 몇 개월의 경력을 바탕으로 국회의원 선거에 나간다는 기사도 있었다. 나는 다시 배꼽을 잡았다. 정의로운 결단이라는 댓글이 다수를 차지했다. 나는 해골을 두드리며 웃었다. 통, 통, 통, 해골도 함께 웃었다. 완벽한 하모니였다. 담배가 피우고 싶어졌다. 담뱃갑은 비어 있었다.

너는 이름이 뭐였니? 내가 물었다. 해골은 대답하지 않았다.

이름이 있었겠지. 길거리에서 흔히 만날 수 있는 정숙, 정은, 남희, 정임, 연옥, 선희, 세은, 하늘, 수현, 혜지 같은 이름들……. 누가 그런 이름을 지었을까. 젖을 물리고 다정하게 볼에 입을 맞추던 부모가 있었을 것이다. 목마를 태워주던 딸바보 아빠도 있었겠지. 대문을 열어주며 오늘은 학교에서 무얼 배웠니 하고 물어보는 다정한 아빠, 자전거 타기를 가르쳐주며 두 바퀴의 회전운동만으로 중심을 잡는 법을 알려주던 서너 살 터울의 오빠, 첫사랑으로 다가왔던 머리카락 색이 진했던 이웃 소년…… 하나의 점에서 너는 점점 골목의 중심으로 자라났을 것이다. 수열을 배우고 물리학을 배우고 철학과 종교, 사회에 대하여 성찰을 강요하던 온갖 종류의 격식들에 시달렸으리라. 그러나 죽음은 너무도 빨리 다가왔을 것이다. 아직 사랑의 달콤함을 깨닫기도 전에, 안장에 앉아 자전거를 두 발로 굴리기도 전에, 운명은 너무도 빨리 그 아름다운 조합들을 무화시켜 흙으로 되돌려놓았다. 그리하여 앙상한 뼈 하나만 흔적으로 남았다. 우주의 운동을 $E=mc^2$으로 설명할 수 있다면 지금 내 앞에 놓인 저 뼈는 시간의 저편에 살아 존재하던 한 여자에 대한 모든 것이다.

골GOL! 거기까지 생각이 미쳤을 때 돌연 하나의 이름이 뇌피에 새겨졌다. 그렇다, 이름을 붙여주자. 골, 나는 해골을 골이라

부르기로 결정했다. 이름을 부여 받자 골은 갑자기 인격을 지닌 존재가 되어 내 앞에 누워 있었다. 나는 골의 갈비뼈를 벤 채 침대에 누웠다. 뒷목에 견고함이 느껴졌다. 베개로 대체할 수 없는 존재감이었다. 오른손으로 골의 목덜미를 쓰다듬어보았다. 언젠가 그녀의 목덜미를 천천히 쓰다듬던 기억이 났다. 동전 크기의 둥근 귀고리를 즐겨 차던 여자, 귓바퀴 위에도 구멍을 뚫어 별 모양의 은색 귀고리를 차곤 했었지. 목덜미를 살살 간질이면 그러지 말라며 갑자기 뺨을 때리던 여자, 그러고는 깔깔거리며 달려와 입술을 더듬으며 사랑한다고 말하던 여자, 집으로 찾아와 답답하다며 제 옷을 다 벗어 던지고 여름에 입는 내 트렁크 팬티를 꺼내 입고는 아무렇지도 않게 침대에 누워 파리에 가고 싶다고 말하던 여자, 왜 느닷없이 파리냐고 묻자 그럼 거기가 아니면 대체 어딜 가느냐고 묻던 여자. 그러고는 덧붙였던가. 거길 가면 사데크를 만날 수 있잖아.

사데크 헤다야트. 나는 언젠가 그녀에게 그 얘길 해준 기억이 있다. 아마도 그녀의 나이가 스무 살 언저리였을 것이다. 가스를 틀어놓고 자살한 페르시아의 위대한 작가, 정치적인 문제로 조국에서 쫓겨난 뒤 철저히 고립되었던 작가, 어느 날 벽에 난 구멍을 통해 사이프러스나무 아래 서 있던 한 여인의 환영을 본 뒤 평생 여인의 그림자를 좇았던 작가, 『눈먼 부엉이Bouf-e Kour』라는 자전소설 한 편을 남긴 채 홀연히 떠나버렸다지. 나는 그의 소설 중에서 특히 이 문장을 좋아해. 오직 죽음만이 거짓말을 하지 않는다는 문장을. 그녀는 눈을 빛내며 나의 이야기를 들었지. 사데크를 너무도 사랑해서 아르바이트를 해서 모은 돈을 싸들고 프랑스로 건너갔어. 서른 살, 그즈음일걸. 프랑스도 처음이었고 유럽도 처음이었지. 모든 게 낯설었어. 샤를 드골 공항에 내린 뒤 물어물어 RER(파리와 교외를 연결하는 철도)를 타고 이어 시내 지하철로 갈아타고 파리 서북부에 있는 페르라셰즈 묘지를 찾아갔던 기억. 11월이었는데 비와 우박이 같이 내리고 있었지. 오후 3시쯤 되었을 거야. 묘지 근처 꽃집에서 5유로를 주고 흰 국화꽃 몇 개를 샀더랬어. 그러곤 무작정 묘지로 올라갔는데, 태어나서 그렇게 많은 무덤은 처음 보았지. 수십 만 개의 무덤이 무거운 돌 하나씩을 심장에 얹은 채 긴 세월을 견디고 있었어.

그래서 만났나요? 내 시시껄렁한 잡담에 유일하게 반응해준 너. 너는 계속해서 물었지. 선생님, 그래서 만났냐고요. 졸업 후 네가 다시 나를 찾아왔을 때 우리는 술집에 앉아 계속 그 얘기를 이어갔던 것 같아. 에디트 피아프, 짐 모리슨, 프레데릭 쇼팽, 오노레 발자크 같은 유명인의 묘지는 안내판에 크게 표시돼 있었는데 사데크의 묘지는 어디에도 표시돼 있지 않았어. 그냥 수십만 개의 무덤 가운데 하나일 뿐이었지. 묘지 하나하나를 확인한다고 해도 비슷비슷한 외래어로 적힌 묘지명을 훑어가며 사데크를 찾는다는 건 정말로 모래밭에서 바늘을 찾는 격이었어. 하지만 하늘이 도왔을까. 출입구 한쪽에 있는 두 평쯤 되는 관리실 문을 열고 들어갔을 때 아프리카계로 보이는 키 큰 남성이 오, 사데크, 하면서 아는 척을 했던 거야. 오, 사데크! 태어나서 그처럼 황홀한 목소리는 처음 들었지. 그는 친절하게 영어로 에잇파이브라고 알려주었어. 85번, 백 개가 넘는 구역 가운데 한 구역을 알게 되었으니 이제 묘지는 찾은 거나 다름없었어. 하지만 그 거대한 무덤 군락은 나의 방심을 그냥 보아 넘기지 않았지. 갑자기 쏟아지는 진눈깨비와 우박을 맞으며 10분 가까이 걸어서 85번 구역에 도착했지만 그곳에만 수천 기의 무덤이 있어서 그 가운데 꼬부랑 글씨로 쓰인 나의 '사데크'를 찾는 일은 고역이었어.

"나의 사데크?"

그녀가 말했다.

"그렇지. 나의 사데크!"

나는 연신 하아, 하고 숨을 뱉어야 했어. 생각할수록 기가 찬 일이었지. 사방은 점점 어두워지고 사람들의 발길이 뜸해지는

데, 도대체 어디에 숨었는지 사데크를 찾을 수가 없었어. 거의 두 시간 동안 묘비 하나하나에 새겨진 글자를 훑었어. 돌고 또 돌고, 넓이가 초등학교 운동장쯤 되는 85번 묘역을 세 바퀴나 돌았지만 사데크를 만날 수 없었지. 해가 지고 있었어. 까마귀들이 음산하게 울어대고 고양이들이 묘비 사이로 눈을 빛내며 나를 쳐다보고 있었어. 내가 할 수 있는 일은 기도밖에 없었으므로, 도와줘요 뽀빠이를 외치듯 도와줘, 사데크, 그 말을 정말 수십 번도 더 했던 것 같아. 그러다가 마침내 기적이 일어났지. 85번 묘역 안에 별도의 독립된 공간으로 조성된 정사각형 모양의 페르시아인 묘지, 묘지 오른쪽 구석 푸른 사이프러스나무 아래 이집트 피라미드를 닮은 아주 작은 묘지 하나를 발견한 거야. 묘비 앞에 올빼미 그림이 없었다면 그게 사데크의 묘지임을 결코 알아볼 수 없었겠지. 나는 사데크를 묻었던 사람들에게 감사했어. 올빼미와 사데크는 정말 찰떡궁합이잖아.

"그래서요? 그래서요 쌤!"

"응?"

"그래서 그날 사데크와 무슨 대화를 나누었나요?"

# 6

중학교 때 밴드부를 지휘했던 음악 선생이 생각난다.

밴드부의 위상은 도에까지 알려질 만큼 대단했다. 밴드부는 각종 행사에 불려 다니며 학교를 빛냈다. 밴드부원들이 입고 있던 빨간 바탕에 흰 줄이 그어진 유니폼은 모든 학생이 선망했다. 밴드부원들은 인근의 농고나 허름한 고등학교로 가지 않고 시에 있는 고등학교에 스카우트되었다. 밴드부는 권력의 다른 이름이었다. 음악 선생은 그 중심에 있었던 인물이다. 큰 키에 베토벤을 흉내 낸 파마머리, 각진 얼굴을 하고 통바지 자락을 휘날리며 복도를 오갔다. 온갖 악기로 가득 찼던 음악실은 그의 개인 왕국이었다. 학기 초가 되면 거의 대부분의 학생들이 밴드부에 지원했는데 그가 학생을 뽑는 방식은 매우 독특했다. 그는 지원자들을 조별로 나눠 팬티만 입힌 뒤 이상한 체조 동작을 반복하게 했다. 학생들은 엉덩이를 내민 요가 비슷한 자세로 10분을 버티거나, 오리걸음을 하며 고개를 이쪽저쪽으로 바삐 돌리거나, 불알이 흔들리도록 공중으로 솟았다 내려오는 동작들을 반복했다. 그는 음악의 기본은 체력, 그중에서도 폐활량임을 누차 강조했다. 어디까지나 폐활량을 가늠하기 위해 그런 동작을 시킨 것이다.

음악 선생은 5년생 일본원숭이 암컷을 분신처럼 끼고 다녔다. 항간에는 이상한 소문이 나돌았다. 음악 선생이 원숭이와 그걸 한다는 소문. 실제 확인된 적은 없다. 크기가 고양이 만하던 녀석은 하루 종일 음악실 피아노 위나 튜바 속에 웅크리고 앉아 밉살스러운 눈초리로 우리를 내려다보았다. 하루는 음악 선생에게 앙심을 품은 밴드부원 하나가 원숭이 발바닥에 압정을 박았다. 원숭이는 마치 사람이라도 되는 양 사방으로 날뛰며 울부짖었다. 음악 선생이 달려오고 곧 진상이 밝혀졌다. 모든 밴드부원이 팬티 바람으로 원산폭격을 했다. 음악 선생은 공동 책임을 들먹이며 아이들의 엉덩이에 가죽으로 된 채찍을 휘둘렀다. 두 겹으로 된 가죽 채찍이 살에 닿을 때마다 딱, 딱 소리가 났다. 연주 실력이 형편없거나 연습에 늦는 아이들은 종종 엉덩이에 채찍 세례를 받았다. 그때는 하나도 이상하지 않았는데 지금 생각해보면 매우 이상한 행동이었다. 지금껏 누구도 항의하지 않고 있다는 것은 대단히 미스터리한 일이다. 심지어 그는 존경을 받기까지 했다. 음악 교사가 되거나 시립 악단의 연주자가 된 제자들은 스승의 날 꽃다발을 들고 그를 찾아왔다. 그런 선생이 수업 시간마다 즐겨 하던 말이 있다.

"너네들 20세기의 가장 위대한 협주곡 중 하나가 뭔 줄 아니?"

어느 여름 덜덜거리는 선풍기 아래서 음악 선생이 물었다.

"바로 〈아란후에스 협주곡〉이야."

아이들이 대답하지 않자 그는 '후에스'라는 발음에 힘을 주어 스스로 답을 했다.

"호아킨 로드리고라는 스페인 작곡가가 있었지. 그는 어렸을 때 전염병을 심하게 앓아 시력을 잃었어. 점자로 작곡을 하며 고독하게 인생을 보냈다는군. 그러던 어느 날 천사가 나타났대. 어떤 여자가 그를 사랑하게 됐고 둘은 결혼한 거지. 아내가 임신을 하자 로드리고는 세상을 다 가진 듯 기뻐했어. 하지만 기쁨도 잠시, 아내가 난산으로 아이와 함께 죽을 고비에 처하게 된 거야. 폭풍우가 몰아치던 그날 밤, 로드리고는 뜰로 나가 울부짖었어. 신이시여. 제게서 눈을 앗아가고 어찌하여 또 이런 불행을 주십니까? 물론 신은 응답하지 않았지. 로드리고는 벽을 주먹으로 치며 미친 듯 신을 원망하기 시작했어. 그 분노의 감정이 올올이 담겨 완성된 것이 〈아란후에스 협주곡〉, 그중에서도 2악장이야. 생각해봐, 이상하지 않니? 행복이 파괴될 위기에 처하자 비로소 불후의 곡이 나오는 거. 에헤, 나는 말이야. 그러니까 그 노래를 들을 때마다, 2악장을 들을 때마다 온 몸의 뼈들이 곧추 일어서는 감동을 받곤 했어. 심장 따위는 아무것도 아니지. 로드리고의 이 음악은 우리의 심장을 지나 영혼을 흔들며 나아가 혈관을 타고 흘러서, 그것들이 썩고 없어진 뒤에도 영원토록 남아서 우리의 뼈를, 뼈대를 흔들어대는 거였어."

당연하게도 나는 그 음악에 별다른 감흥을 얻지 못했다. 토요일 밤마다 텔레비전에서 울려 나오던 〈주말의 명화〉 시그널로 사용된다는 것을 알고 나서는 이 프로는 한 번도 보지 않았다. 그런데 최근 들어 음악 선생의 말이 자꾸 생각이 나는 것이다. 뼈를 울린다는 말, 골의 대퇴부를 두드릴 때마다 머리통을 주먹으로 툭툭 칠 때마다 갈비뼈에 귀를 가져다 댈 때마다 쇄골을 손으로 쓸어내릴 때마다 광대뼈에 묻은 먼지를 닦아낼 때마다 정말로 어떤 이름, 어떤 소리, 어떤 운율이 전류가 흐르듯 미세하게 골의 내, 외부를 흐르고 있음을 감지하는 것이다. 그것이 본래 몸뚱이에서 흘러나와 내 주변으로 흐르고 있다. 의식이 분명한 상태로 나를 관찰하고 있다. 그러니까 나는 관찰되고 있다. 나는 그것에 의해서 이미 하나의 의미로 규정되었던 것이다. 그것이 무엇인지는 모른다. 우리는 같은 공간을 공유한다. 그것에는 음악이 있다. 그것은 리듬을 숨기고 있다. 나는 그것의 주인이지만 그것은 나의 주인이 아니다. 나는 기침을 하고 그것은 통, 통 소리를 낸다. 그것의 이름은 골이다.

"아무것도 아니야. 정말, 아무것도 아니지."

골을 관찰하는 데 집중할 무렵 창밖에서 낯선 소리가 들렸다. 나는 방의 불을 끄고 슬며시 창문을 열었다. 창문 저 밑에 어떤 사내가 앉아 휴대전화를 귀에 댄 채 담배를 피우고 있었다. 건물 뒤편 주차장 쪽이었다. 사내가 다시 말했다. 에이, 그건 정말 아무것도 아니라니까. 정말 아무것도 아냐. 내 말 못 믿어? 미치겠네. 그래, 정말 아무것도 아니야. 아니라고. 아무것도 아니라고, 아무것도 아니라니까. 아무것도 아니라고! 나도 조용히 담배를 꺼내 입에 물며 생각했다. 그래 아무것도 아니지. 아무것도 아니야. 묘지로 숨은 사데크의 말처럼 오직 죽음만이 그것을 증명할 수 있겠지. 그날 내가 무슨 얘기를 했느냐고? 나는 아무런 말도 하지 못했어. 한 시간 가까이 그의 묘지 앞에서 침묵한 채 서 있었지. 그게 그의 소설에 대한, 그의 문장에 대한 예의, 조국으로부터 버림받은 한 예술가에게 내가 표할 수 있는 최소한의 예의였지. 어떤 여인도 작고 볼품없는 그를 사랑하지 않았으므로 자신의 소설 안으로 들어가 스스로 사이프러스나무 아래 한 여인을 숨겨놓고 평생 그 여인의 죽음 같은 눈동자를 찾아 헤매던 남자……. 넋을 잃고 앉아 있다가 6시에 묘지의 모든 문이 닫힌다는 걸 잊고 말았지. 저녁 7시가 다 돼 까마귀 떼가 가득한 묘지를 돌아 나오며 을씨년스러움에 몸을 떨었던 기억, 손전등을 얼굴에 비추며 문을 열어주던 관리인은 너처럼 멍청한 동양인들을 한두 번 본 게 아니라는 듯, 쏘리, 쏘리, 쏘리, 너네들이 할 줄 아는 영어는 그것밖에 없지? 하고 화를 냈었지.

거기까지 얘기했을 때 너는 까르르, 웃었던 것 같아. 나도 가보고 싶어요. 아니 같이 가요, 우리! 하지만 나에겐 애인이 있는걸. 뭐 어때요. 우린 누구도 서로를 구속할 수 없는 거잖아요. 선생님은, 영혼이 있다고 믿으세요? 나는 안 믿어요. 우리는 그냥 여기 있는 거예요. 존재하다가 더는 존재한다는 걸 느끼지 못하는 순간, 죽음이 오는 거죠. 나는 그녀의 입술을 막으며 중얼거렸다. 어떤 사람들은 타인의 죽음을 통해 자기 존재를 자각하지. 사데크가 평생 불행했던 까닭은 스스로 죽음을 통해 제 존재를 찾으려 했기 때문이야. 삶과 죽음 따위는 존재에 대한 답이 될 수 없어. 그녀가 트렁크 팬티의 고무줄을 늘였다 줄였다 하며 물었다. 사랑한다는 지각, 존재자와 존재자가 서로를 사랑할 때 느끼는 행복한 지각은 뭔가요? 내가 답했다. 그때 존재는 살아 있음을 느끼지. 그녀가 말했다. 지금 이 순간 우리는 존재하는 건가요? 내가 답했다. 서로 사랑한다면……. 그녀는 대답을 피했다. 모르겠어요. 너무 어려워요. 존재는 서로 사랑함으로써 서로의 존재를 확인한다. 그렇다면 사랑하지 않는 사물들은 존재를 자각하지 못하는 걸까? 나는 젓가락을 가져와 통, 하고 골의 목뼈에 대고 퉁겨보았다. 젓가락으로 두드릴 때마다 통통 소리가 났다. 젓가락을 내려놓고 나는 해골의 목덜미를 벤 채 잠을 청했다.

추워. 환청처럼 들려오는 소리를 들은 때는 새벽이었다. 가만히 주변을 두리번거렸다. 이불 속엔 오로지 골과 나뿐이었다. 그렇다면 소리는 어디서 왔는가. 나는 다시 잠을 청했다. 몇십 분쯤 지났을 때 나는 또다시 그 소리를 들었다. 추워. 나는 불을 켜고 해골의 눈두덩을 뚫어져라 쳐다보았다. 추워. 뼈를 타고 오싹한 냉기가 전해져왔다. 골이 보내는 신호의 일종일까. 추워, 나는 정말 춥다고. 하지만 아무것도 아니지, 정말 아무것도 아니지. 익숙한 소리가 들렸다. 나는 창문으로 가 밖을 내려다보았다. 아까 그 사내가 여전히 창문 밑, 주차장 콘크리트 연석에 앉아 중얼거리고 있었다. 나는 그가 석상이 아닐까 생각했다. 하지만 집 주변에서 남자의 석상을 본 적이 없었으므로 아까처럼 담배 한 개비를 피우며 사내를 관찰하다가 창문을 닫았다. 그런 다음 옷장에서 트렁크 팬티와 U자형 러닝셔츠 한 벌을 꺼내 골의 몸에 입혀주었다. 흰 팬티와 흰 러닝셔츠를 걸친 골은, 이성적으로 보았을 때 분명히 우스꽝스러운 모습이었다. 하지만 나는 웃지 않았다. 나는 이제 그것을 사랑하게 되었다. 그것은 내 존재를 비추기 시작했다. 그러므로 함부로 웃을 수 없다. 내가 제 몸을 쓰다듬고 두드릴 때마다 골은 미세한 파동으로 응답해왔다.

고백하건대 나는 아직 네게 하지 않은 얘기가 있다. 내가 한가하게 파리 여행 자랑이나 하자고 꺼낸 이야기가 아니다. 페르라셰즈 묘지 말이다. 정말 누구에게도 말하지 않은 비밀이어서 숨이 찰 지경이지만, 나는 그 묘지가 품고 있는 비밀 하나를 알아버렸다. 그날, 관광객들이 빠져나가고 어쩌면 나 홀로 남겨졌을 거대한 묘지를 터덜터덜 걸어 내려올 때 좌우로 시립한 콘크리트 무덤들이 진시황의 병마용처럼 눈을 부릅뜨고 나를 지켜보고 있었는데, 수십 만 개의 해골들이 흙과 시멘트 속에 몸을 숨긴 채 일제히 합창하듯 퉁, 하고 제 뼈를 두드리고 있었던 것이다. 페르 라셰즈 묘지엔 수십 만 그루의 나무가 자라고 있었다. 한 구의 시신과 한 그루의 나무, 그들은 연인처럼 묘지를 지상과 지하로 양분하며 방문객들을 맞았다. 땅 밑에서 울리던 퉁, 하던 소리는 나무를 타고 이내 묘지 전체로 둥둥 떠다녔다. 묘지에 가장 많이 심어진 나무는 흔히 마로니에로 불리는 칠엽수였다. 그 사이 사이에 심긴 오디나무와 서유럽 자생의 단풍나무들, 그리고 간간히 보이는 짙은 색의 사이프러스, 이 모든 나무들이 땅의 울림을 받아 퉁, 퉁, 퉁 퉁 차, 퉁퉁 착, 퉁퉁 착, 일정한 박자의 리듬을 만들어내고 있었다. 인간들이 바깥으로 빠져나간 저녁마다 묘지의 뼈들은 땅 밑에 누워 그렇게 서로 교감하고 있었다.

　냉장고에서 맥주를 꺼내 와 마신다. 맥주를 마시며 나를 떠난 사람들을 떠올린다. 떠난다는 것은 무엇일까? 이 골목과 저 골목 사이를 오가던 발걸음 소리의 소멸, 나는 알 수 없다. 알 수 없으므로 해골을 두드린다. 퉁, 해골이 가느다랗게 숨을 내뱉는 것 같다. 다시 해골을 두드린다. 퉁, 심장에서 붉은 피가 보이지 않는 혈관을 따라 힘차게 내달린다. 퉁, 그녀의 발걸음이 빨라진다. 그녀는 사랑하는 사람을 위해 전력을 다해 달리고 있다. 아마도 그날은 남자의 생일이 아니었을까. 어쩌면 악몽을 꾸고 깨어난 어느 밤, 문득 눈을 떠 밖을 바라보다가 그 남자가 보고 싶어 슬리퍼를 신은 채 무작정 길을 나섰는지도 모르겠다. 고등학교 정문을 지나, 문 닫힌 빵집을 지나, 영어 학원과 마을 교회, 교차로를 지나고 중국집과 꽃집과 던킨도너츠 가게를 지나 새벽 거리를 달린다. 퉁, 걸음이 빨라진다. 두드리는 속도도 빨라진다. 느리고 빠르게, 빠르고 느리게, 강하게 때렸다가 끊어내듯이, 가볍게 닿았다가 묵직하게 누르는 힘으로, 두드린다, 달린다. 두드린다는 것은 무엇일까. 대상을 향해 다가가는 대상의 힘, 반작용으로 물러나게 하는 대상의 힘, 그 사이에 맹독처럼 피어오르는 힘, 나는 오늘도 해골을 두드린다. 소리는 골목을 두드리고 언덕을 오르고 하늘로 뻗어 나간다. 파랗고 하얀 우주를 두드린다. 멀리서 구급차의 사이렌 소리가 들린다. 나는 두드린다. 청소차가 부릉거리며 지나간다. 나는 두드린다. 아무것도 아니야. 정말 아무것도 아니지! 창 밖 사내가 중얼거린다. 행위는 사라지고 리듬만 남는다.

두드린다는 것은 무엇일까. 그것은 자기 내부로부터 간절해지는 것이다. 나는 그런 경험을 몇 번 한 적이 있다. 어릴 때, 대략 내가 열두어 살 때 내 고향 마을 시골에는 상모를 잘 돌리던 동규 아버지가 살았다. 그는 정말로 상모를 잘 돌렸다. 정월 대보름날이나 보리밟기를 하는 날 농악대의 선봉에서 꽹과리를 치며 5미터나 되는 상모를 돌렸다. 상모에 매달린 끈은 단 한 번도 땅에 닿지 않았다. 땅, 따당, 따당 따당. 그는 계속해서 꽹과리를 두드렸고 계속해서 몸을 빙빙 돌렸으며 따라서 상모에 매달린 오색 끈도 뱅뱅 돌기를 반복했다. 동규 아버지는 상모 돌리기만 잘하는 게 아니었다. 개도 잘 잡았다. 그는 내가 아는 한 가장 솜씨 좋은 백정이었다. 복날이 되면 노인들이 살 오른 개 한 마리를 그에게 끌고 갔다. 그는 개를 버드나무에 매단 뒤 버드나무 줄기를 꺾어 만든 채찍으로 두 시간도 넘게 무두질을 하듯 개를 때렸다. 그는 언제 개를 때려야 하는지, 어느 부위를 때려야 맛이 있어지는지 직감으로 아는 사람이었다. 그가 팔을 치켜들 때마다 개는 비명을 질렀고 그사이 점점 연하게 숙성되었다. 마침내 개의 숨이 떠나면 장작불에 개를 올려 털을 태우고 고기를 구웠다. 그는 노인들이 소금과 간장에 고기를 찍어 입으로 가져가는 걸 무표정하니 지켜보다가 집으로 돌아가곤 했다. 그는 개고기를 절대로 입에 대지 않았다.

왜 그 생각이 났을까. 개를 패던 동규 아버지 말이다. 사실, 그를 생각하면 암수처럼 두 개의 강렬한 이미지가 떠오른다. 하나가 개를 패는 장면이었다면 다른 하나는 죽음을 지고 가던 이미지다. 동규에겐 세 살 터울의 여동생 동미가 있었다. 잘 먹지 못해서 바싹 말랐던 동미를 동규 아버지는 제 몸만큼이나 아꼈다. 동미는 나무를 하러 가는 제 아버지의 지게에 자주 얹혀 있었다. 아버지는 겨울이면 어린 동미에게 꽹과리를 쥐여주고 덩! 기덩 기덩! 따쿵따 소리를 반복하게 했다. 그런 동미가 어느 여름에 마을 방죽에서 먹을 감다가 죽어버렸다. 동규 아버지는 거적때 기 위에 죽은 동미를 올려놓고 저녁이 되도록 담배만 피웠다. 그 리고 날이 완전히 어두워진 뒤에 지게에 동미를 얹어 마을 사람 들이 애장터라고 부르는 골짜기로 들어가 굵은 소나무 앞에 동 미의 시신을 묻었다. 이듬해, 동규네 가족은 소작으로 짓던 논밭 을 모두 정리한 뒤 천안 시내로 이사를 나갔다. 그 뒤로 동규네 가족의 소식을 들은 사람은 아무도 없다. 아니, 없을 것이다.

우리가 한 인간에 대하여 기억하는 이미지는 필연적으로 마 지막 순간을 동반한다. 딱히 남녀의 헤어짐에만 국한되는 이야 기는 아니다. 한번 시작된 사건은 한 사람의 기억 속에 시작도 끝 도 없는 원근법의 소실점으로 향한다. 스쳐가는 두 개의 선분 사 이에 무수히 많은 시간과 공간을 숨긴 채 그리워하거나 몸서리 를 치면서 서서히 다른 기억의 층위로 삶의 무대를 옮겨 가는 것 이다. 동규네 가족이 어느 날 홀연히 마을을 떠났듯이, 쿵쿵차 박 자를 기막히게 맞추던 후임병이 그만의 방식으로 부대 울타리를 넘어갔듯이, 내가 한때 사랑하는 사람이라고 부를 수 있었던 달이 이제는 다른 사람의 품에 안겨서 사랑을 얘기하고 영화를 보고 밥을 먹으며 새로운 그림자를 만들어내듯이, 사는 게 다 그렇다. 그 모든 순간들을 뒤로한 채 누군가는 어둠침침한 묘지에 누워 밤마다 제 뼈를 두드려대며 아직 제 존재가 소멸하지 않았다고 안간힘을 다해 이방인들에게 증거한다. 모든 것은 어떤 순간 속에 있고 모든 순간은 각자에게 유일무이하며 아주 천천히 시간 속으로 소멸해간다. 소나무 아래 묻힌 시체가 시간이 흘러 나무의 일부가 되어 새와 구름과 만나듯이, 불행하거나 슬펐던 기억들은 언젠가 처음으로 돌아가거나 그렇지 않으면 아무것도 아닌 무엇이 된다. 그렇다. 그것이 내가 바라는 바이다.

다음 날 아침, 골의 몸에 걸쳐놓은 팬티와 러닝셔츠를 벗겨 세탁기에 넣었다. 그런 다음 조금 가벼워진 골을 내 쇄골 쪽으로 끌어당긴 채 욕실로 가 첫날처럼 비누로 몸을 씻었다. 수건을 꺼내 물기를 꾹꾹 눌러서 닦은 뒤 헤어드라이어로 뽀송하게 말려주었다. 옷장을 열어 새 트렁크 팬티와 러닝셔츠를 입혀주자 골은 마음에 든다는 듯 내 쪽을 보며 히죽 웃었다. 웃었다, 라는 말은 온전히 주관적인 진술이다. 타인들이 볼 때 그것은 여전히 해골, 어쩌면 해골 모양을 한 플라스틱이나 금속 모형인지도 모르니까.

하지만 나는 그것의 재질에는 관심이 없다. 칼로 뼈의 일부를 긁어 시료 검사를 하면 몇 십 초 만에 뼈를 이루는 질료를 낱낱이 밝혀낼 수 있지만 내게 그런 행위는 하등 중요하지 않다. 지금 뼈와 함께 있고 뼈를 아끼고 있으므로, 그것이 무엇이고 어떤 과거를 간직하고 있든 중요하지 않은 것이다. 정작 중요한 것은 따로 있다. 내겐 아직 떠난 자들이 남겨놓은 그리움이 얼마간 남아 있고 고백하자면 골에 대한 관심은, 그러니까 그들이 남기고 간 일부 흉터를 지워내는 구실을 할 뿐이다. 골도 그 사실을 알고 있겠지.

골에게 속옷을 입힌 뒤 시장해진 배를 채울 준비를 했다. 계란을 하나 깨뜨려 오믈렛을 만들고 우유를 데웠으며 먹다 남은 토스트를 꺼냈다. 텅, 소리를 내며 토스터가 빵을 밀어냈을 때 골이 상체를 비스듬히 일으키는 게 보였다. 진짜로 그랬을 리는 없다. 하지만 환영처럼 골이 움직이는 걸 나는 상상할 수 있었다. 오믈렛과 빵을 느긋하게 씹어 삼킨 뒤 장롱에서 안 입는 청바지와 셔츠를 꺼내 골의 몸에 입혀보았다. 조금 컸지만 그런대로 몸에 잘 맞았다. 언젠가 그녀가 내 생일 선물로 사 온 검정 나이키 모자를 침대 밑에서 찾아내어 골의 머리에 씌웠다. 내 옷을 입고 상체를 반쯤 일으킨 채 침대에 기대 앉아 있는 골은 이제 막 초등학생이 된, 제멋대로 골목을 휘젓고 다니며 딱지치기를 하다 돌아온 악동 같았다. 나는 골의 몸에 입혔던 옷들을 다시 벗긴 뒤 서랍에 넣어둔 신용카드를 꺼내 주머니에 넣고 집을 나섰다. 슬리퍼를 끌고 갈 만한 거리에 시장이 있었다. 시장에서 젊은 여자들이 입을 법한 하늘색 원피스와 양말을 골랐다. 미리 어떤 결정을 해놓은 것은 아니었다. 아침을 먹을 때 충동적으로 옷을 제대로 입히자는 아이디어가 떠올랐다. 보기에 따라 엽기적일 수도 있음을 자각했지만. 내가 나의 해골로 무엇을 하든 그건 온전히 나의 사생활이다. 나는 얼마 전에 인생의 가장 소중한 부분을 잃어버렸다. 다시 말해 내가 무언가를 끊임없이 해야만 한다는 얘기다.

검은 비닐봉지에 옷을 넣어 집으로 돌아오다가 낯선 장면을 보았다. 내가 사는 집이 있는 상가 건물 회색 담장 모퉁이, 이웃집 주차장과 맞닿아 있는 공간에 경찰들이 폴리스라인을 치고 있었다. 그러고 보니 경찰차도 두 대나 서 있었다. 시장에 갈 때는 주의를 기울이지 않아 못 보고 지나쳤던 것이다. 어쩌면 그사이 경찰차가 당도했을 수도 있다. 나는 여자 원피스가 든 비닐봉지를 든 채 어기적거리며 그쪽으로 다가가 보았다. 방역마스크를 쓴 사람들이 누워 있는 어떤 사내 주변에 쪼그리고 앉아 감식을 하고 있었다. 누운 사내를 보자 어젯밤 내 창문 밑에 앉아 휴대전화를 들고 떠들어대던 사내임을 바로 알아챌 수 있었다. 사내의 주변엔 빈 소주병과 담배꽁초들이 널려 있었다. 이유는 모르지만 사내는 새벽 내내 누군가와 통화를 했을 것이다. 그러다가 역시 어떤 이유로, 아마도 술 때문이겠지만, 심장이 정지하고 말았겠지. 시체가 천에 둘둘 말리는 모습을 지켜보며 나는 그가 이 동네 사람이 아닐지도 모른다고 생각했다. 그는 한때 내가 그랬던 것처럼, 아주 먼 길을 걷고 있었던 것이다. 귓가에서는 여전히 아무것도 아니야. 정말 아무것도 아니지. 그 사내가 익명의 상대를 향해 중얼거리는 소리가 들렸다.

경찰이 구경하던 중년 사내에게 물었다. "어젯밤에 뭐 특이한 소리 못 들었어요?"

그는 상가 건물과 담장을 맞댄 이웃 건물 지하에서 코인 노래방을 운영하는 업주였다.

"아뇨. 저는 자정에 문을 닫았습니다. 저 사람을 본 적은 없어요."

나는 노래방 업주의 말이 이상하다고 생각했다. 숨이 끊어져 이미 시신이 되어버렸음에도 여전히 사람이라고 표현하고 있었기 때문이다.

이번에는 구경 나온 노파를 향해 경찰이 물었다. "뭐 이상한 소리 들리지 않았습니까?"

노파가 무뚝뚝하게 대답했다. "못 봤지. 뭐가 들려야지. 그냥 정신없이 잤어."

이번에는 여기서 30미터쯤 떨어진 편의점의 주인에게 물었다. "혹시 술이나 담배 사 가지 않았나요?"

"아뇨. 아마, 다른 데서 사서 가지고 왔겠죠. 그나저나 멀쩡한 젊은 사람이 참 안됐네요." 편의점 주인 여자가 혀를 끌끌 찼다.

경찰이 나에게 다가와 물었다. "혹시 이 근처에 사세요?"

"네, 이 건물 4층에 삽니다."

"지난밤에 혹시 저 남자와 관련하여 보거나 들은 것이 있습니까?"

"글쎄요, 잘 모르겠습니다. 전화기를 열어보세요. 누군가와 통화를 했을 수도 있지 않습니까. 누군가 저 존재를 화나게 했거나 기쁘게 했겠지요."

"존재요?"

수첩을 든 경찰이 뚱한 얼굴로 나를 쳐다보았다. AI처럼 그에게서는 어떤 결의도 감정도 느껴지지 않았다. 그저 규칙에 따라 소문을 청취하고 기록하여 보고서를 작성해 올리겠지. 구급차에 실려 간 시신은 전문가들에 의해 배가 열리고 사인이 판정될 것이다. 원래부터 심장에 지병이 있어 죽었거나, 다량의 알코올 섭

취와 약간의 추위로 죽음에 이르렀는지 모른다. 그도 아니면 지갑에 든 몇 푼의 돈을 노린 악당에 의해 두개골에 금이 가고 출혈이 생기고 급기야 숨을 거두었을 수도 있다. 그러다가 몸속에 해골을 숨긴 채 죽은 몸으로 남았다. 그 사내는 가족들에 의해 불길에 휩싸이거나 땅속에 묻히게 될 것이다. 그 순간 한 생명의 일부였던 해골이 드러난다. 땅에 묻힌 해골은, 살과 피가 썩어 문드러진 뒤에도 소멸되지 않고 끈덕지게 살아남아 슬프거나 기뻤던 몸통의 기억을 되살려볼 것이다.

방으로 돌아온 나는 골에게 원피스를 입히며 생각했다. 이제 다시 달을 만나는 일 따위는 없을 것이다. 나는 원래부터 그런 식으로 살아왔다. 한번 곁을 떠난 사랑을 잊기까지, 필연적으로 몇 개월의 시간이 필요하지만, 한번 잊어버린 후에는 아무런 느낌도 받지 못한다. 그것은 길가에 버려놓은 쓰레기봉투들과 다를 게 없다. 다시 다가가 봉투를 연다면 나는 썩고 부패한 시간들을 다시 도로에 쏟아내야 할 것이다. 나는 그런 만남이나 재회를 결코 원치 않는다. 하지만 그것을 완전히 떨치기 전까지는 숙명적으로 괴로움을 견뎌야 한다. 다정했던 손을, 입술을, 품에 안았을 때 앞에 있는 큰 산을 껴안은 것 같은 안정감을, 그때마다 한껏 분비되던, 평화를 느끼게 해주는 호르몬들을 더는 느낄 수 없기 때문이다. 그것이 사랑에 대한, 주고받던 말에 대한, 나아가 한 인간에 대한 예의라고 믿는다. 그래서 슬프다. 한 존재와 철저히 단절된 지금 당분간 절망이 나를 짙게 감쌀 것이다. 술병만이 그것을 잠재울 수 있다. 지금까지 매번 그래왔다. 아주 가끔, 그리움에 젖어 형편없는 몰골로 골목을 오르내리며 옛 시절을 회상하기도 한다. 상투적이고 보편적인 방법에서 나 역시 자유로울 수 없는 존재인 것이다. 어떤 인간이라도 악마가 아니라면 나와 같을 것이다.

옷을 다 입힌 뒤 나이키 모자 대신 겨울에 가끔 꺼내 쓰던 털모자를 꺼내 씌워주었다. 확실히 이게 나았다. 맨들맨들한 해골은 섬뜩한 거부감을 주기 때문이다. 내가 산 하늘색 원피스는 탁월한 선택이었다. 그만큼 골과 잘 어울리는 차림새였다. 살과 온기만 없을 뿐이지 해골은 마치 살아 있는 것처럼 침대에 두 다리를 뻗고 기대앉아 쉬는 중이다. 나는 무릎을 꿇은 채 골을 가만히 안아보았다. 낯선 타인을 만나 사랑을 하고 서로를 안을 때, 나는 상대의 심장 소리를 듣는 것을 좋아한다. 두 사람의 가슴에서 뿜어져 나온 피가 힘껏 동맥과 정맥을 오가며 우리가 여기 살아 있다고 외치는 것 같았다. 살아 있는 것들은 필연적으로 사랑을 해야 한다. 그 상대가 지금 내 앞에서 두 팔을 벌린 채 한없이 나약해진 한 존재를 껴안고 있다. 나는 골을 끌어안은 팔에 힘을 주었고 그런 자세로 10분도 넘게 앉아 있었다. 고개를 들어 앞에 앉은 골의 눈동자를 들여다보았다. 거기, 오래전 잃어버린 눈동자가 두 구멍 안에 갇혀 있었다. 나는 깊고 깊은 우물 속으로 떨어지는 상상을 하면서 붉고 차가운 골의 입술에, 눈동자에 내 입술을 가져다 댔다.

## 7

토요일이라 출근을 안 하고 늦잠을 잤다. 그때 요란하게 휴대
전화 벨이 울렸다. 전화를 건 사람은 뜻밖에도 원장이었다. 내
게 사적으로 전화한 적이 한번도 없었으므로 나는 받을까 말까
망설이다가 전화를 받지 않았다. 괜한 일에 말려들고 싶지 않아
서였다. 내가 아니어도 그녀의 전화를 받아줄 여자 선생들이 있
었다. 끊어졌던 전화는 30초 정도 지나 다시 오기 시작했다. 이
번에도 전화를 받지 않았다. 그러자 화면에 문자 메시지가 떴다.
"정 선생, 학원 앞에 사신다고 했죠? 지금, 급한 일이 생겨서 그
런데 빨리 좀 와줘요. 부탁합니다." 느낌이 좋지 않아서 얼른 발
신 버튼을 눌렀다. 신호음이 가는 동안 걱정이 앞섰다. 도대체 무

슨 일일까? 오늘은 학원이 쉬는 월요일이었다. 사고가 아니라면 나에게 전화할 이유가 없는 것이다.

"정 선생, 나, 나…… 좀 도와줘요."

원장의 목소리가 절박했다. 장난하는 것 같지는 않았다.

"무, 무슨 일인데요?"

"주책이지. 책상 위에 올라가 형광등을 갈다가 그만 미끄러져 떨어졌지 뭐예요. 허리를 삐어서 움직일 수가 없는데 119를 부르자니 혼자는 영 창피스러워서."

신발을 찾아 현관으로 나가며 대답했다. "많이 다친 거예요? 피 나요?"

"아, 아뇨. 그 정도는 아니고."

119에 전화를 걸어 환자 상태를 알려주고 학원으로 뛰었다.

"아효, 쉬는 날 미안해요. 이게 무슨 꼴이람." 원장은 대강의실 한가운데 고꾸라져 있었다. 아무런 움직임이 없었으므로 꼭 시체를 보는 것 같았다. 내가 인기척을 내자 원장은 아구구 신음을 토해냈다. 입이 아닌 몸 전체가 안간힘을 다해 살고 싶다 외치는 것 같았다. 부축을 해 일으키려 해보았지만 아프다며 꿈쩍도 하지 않았다. 냉온수기에서 온수를 받아 와 몇 모금 마시게 하고 바깥으로 나와 다시금 119에 전화를 걸었다. 2분 안에 도착한다는 얘기를 듣고 기다렸다. 잠시 후 도로가에 멈추는 구급차가 보였다. 여기라고 손을 흔들어주고 상가 건물로 돌아왔다. 학원이 아파트 단지 내부의 건물 1층에 있었으므로 구급대원들이 비교적 빨리 교실까지 들어왔다. 그들은 들것을 이용해 조심스레 그녀의 몸을 구급차로 옮겼다. 함께 탈 거냐고 묻는 말에 머뭇거리다가 구급차에 올랐다. 구급차는 5분쯤 걸려 대학병원 응급실에 닿았다.

의사와 간호사들이 정해진 매뉴얼대로 엑스레이를 찍고 초음파 검사를 하는 동안 나는 복도를 서성이거나 대기실 의자에 앉아 구글 이미지로 해골 사진을 검색하며 시간을 보냈다. 개와 고양이 기르기를 검색하면 셀 수 없이 많은 게시물을 찾을 수 있다. 그러나 아무리 손가락을 부지런히 움직여 검색해도 해골을 기르는 방법이나 해골과 친해지는 법을 정리해놓은 사이트는 찾을 수 없었다. 기껏해야 해골 사진을 확대해놓고 고대의 거인족 운운 하는 황당무계한 사이트들만 즐비했다. 크리스털 해골에 대한 얘기도 있었지만 역시 대중의 호기심을 자극하기 위한 가짜 정보로 보였다. 하지만 그 와중에도 어느 블로거가 정리해놓은 뼈에 대한 단상은 나름대로 의미가 있었다.

그러니까…… 직장일로 바빴던 나는 의도치 않게 시골에 계신 아버지의 임종을 지키지 못했다. 그것이 평생 마음의 빚으로 남아 어느 정도 삶의 여유가 생긴 뒤부터 일주일에 한 번꼴로 무연고자들의 장례를 도와주는 자원봉사를 하게 되었다. 시신이 승합차에 실려 오면 두어 명의 자원봉사자들이 기다리고 있다가 시신을 화장로까지 운구하여 인부들에게 인계하고 화장이 끝나면 유골함을 받아 화장장 내 지정된 장소로 옮기는 일을 하는 것이다. 수백 도의 불길 속에서 한 시간가량을 견딘 사람의 몸은 회색 가루가 되어 상자에 담기는데 어른 손으로 퍼 올리면 세 번, 혹은 네 번 정도면 다 담아낼 수 있는 분량이다. 뚱뚱한 사람이었거나 말라깽이였거나, 한때 수백 억 원의 재산을 지녔던 사람이거나 무일푼 빈자이거나 간에 대개는 그 정도의 분량으로 남는다.

한 사람을 이루던 수분, 심장을 통해 몸 구석구석을 오가던 붉은 피, 한때 힘차게 계단을 오르게 하던 힘줄과 근육, 엄마라고 부르던 입술과 혀의 움직임, 사랑스럽게 누군가를 바라보던 눈동자가 연소되어 기체가 되는 것이다. 한 사람을 추억하기엔 터무니없이 작아져버린 상자를 가슴에 품고 유택동산으로 이동하는 동안, 나는 살면서 어디에서도 경험하지 못한 강렬한 목소리를 들게 된다. 상자를 손에 든 채 걷다 보면 1천 도에 이르는 불길을 견뎌낸 인간의 몸이, 정확히는 재가 내 심장 부위에 맞닿게 되는데 그때마다 산 자와 죽은 자의 심장이 하나로 연결되면서 삶과 죽음을 초월하는 강렬한 우수를 느끼게 되는 것이다. 그것은 죽은 자에 대한 동정이 결코 아니다. 연민도 아니다. 살아 있든 죽어 있든 삶과 죽음을 통해 연결되고 우리의 삶 전체를 관통하는, 우리 삶에 대한 어떤 측은지심이다.

나는 이 내용을 세 번이나 정독했다. 해골에 대한 감정을 정의하지 못하고 고민하던 나에게 영감을 주는 글이었다. 물론 해골에 대한 나의 감정이 전적으로 측은함에서 비롯되었다고 말할 수는 없다. 측은하다, 라는 형용사는 외롭거나 어떤 집단에서 소외된 이를 볼 때, 혹은 무언가에 안타까움을 느낄 때 생기는 감정이지만 우선 다른 사건이 필요한 2차 감정에 불과하다. 그러니까 누군가 떠나는 일 따위가 없었다면 해골에 대한 연민은 생기지 않았을 것이다. 오줌을 누다가 해골 비슷한 물건을 발견했다 한들, 그것을 파헤치기보다 재빨리 자리를 벗어나려고 했을 것이다. 귀찮은 일에 휘말리고 싶지 않기 때문이다. 우리는 대부분 그렇게 살고 있다. 일반화하려는 게 아니라 내가 골목에서 하루에도 수십 번씩 마주치는 인간들이 대부분 그렇게 살고 있다.

간호사가 보호자를 찾았으므로 나의 사념은 중단되었다. 간호사가 뭐라 뭐라 상황을 설명했지만 나는 귀담아 듣지 않았다. 일시적으로 허리가 꺾여서 경추와 흉추 부위에 어떤 문제가 생겼다며 전문 용어로 설명을 했던 것 같다. 심각하거나 위험한 상황이 아닌 것만은 분명했다. 응급실엔 특유의 복잡한 냄새가 점령하고 있었는데, 원장은 커튼이 쳐진 침대에 약간 비스듬히 누워 있었다. 눈가에 물기가 어려 있었다. 주삿바늘 때문에 아팠거나 오늘 따라 자신의 처지가 서러웠거나 둘 중 하나일 것이었다. 그 와중에도 나를 보자 무안했는지 씩 웃었다. 마스카라가 번진 얼굴을 보고 있자니 측은한 마음이 들었다. 휴지를 꺼내 코를 풀더니 원장이 힘없이 말했다.

"갑자기 오시라고 해서 미안해요……."

나는 웃어주면서 대답했다. "괜찮습니다. 큰일이 아닌 것 같아서 다행이에요. 다음에 그런 일 할 때는 남자들 시키세요. 잘못하면 크게 다칩니다."

"그러려고요……. 동생보고 오라고 했으니까 정 선생님은 이제 가보셔도 됩니다. 동생이 20분 후면 도착한다고 하네요."

나는 알았다며 고개를 끄덕였다. 커튼을 쳐주고 돌아서는데 안에서 기어들어가듯 작은 목소리가 들렸다.

"정 선생님……."

"네?"

"저 좀 한번 안아주고 가면 안 될까요……."

그녀는 정말로 힘들게 그 얘길 꺼낸 것 같았다.

나는 그녀 옆에 앉아서 진심을 다해 그녀를 안아주었다. 예의 장미 냄새가 머리를 어지럽게 했지만, 살면서 그런 도움조차 주지 못하는 비루한 인간은 되고 싶지 않았다. 인간으로서 타인에게 진심을 다할 수 있는 몇 안 되는 순간이 있는 법이다. 다시 커튼을 쳐주고 나올 때 그녀가 고맙다고 말하는 소리가 들렸다. 나는 대답하지 않았다. 무안하기도 했지만, 그런 부탁을 하리란 예상은 전혀 하지 못했기에 당황스러웠다. 그녀도 나도 죽음이 닥치는 순간 작은 상자에 담겨 흙으로 돌아갈 몸이다. 서로에게 온기가 남아 있을 때 뜨겁게 안을 수 있다는 것, 생각해보니 살아 있는 생명이, 그중에서도 인간이 가질 수 있는 가장 큰 특권이었다. 그걸 아낄 이유가 없었다.

병원에서 집까지는 걸어서 30분쯤 걸렸다. 나는 매연을 마시며 천천히 집을 향해 걸었다. 안양천 근처, 시 소유의 열병합발전소 주변에 사람들이 웅성이며 모여 있었다. 눈을 찡그리고 위쪽을 쳐다보니 50미터도 넘어 보이는 굴뚝 위에 사람이 올라가 있었다. 굴뚝 밑에서 지지자들로 보이는 사람들이 붉은 띠를 두르고 같은 색의 모자를 쓴 채 시위를 하고 있었다. 카메라를 든 기자들도 보였다. 그들을 보자 그들이 하는 주장과 관계없이 미안한 마음이 들었다. 나는 걸음을 재촉해서 그 장소를 벗어났다. 사람들은 늘 무엇인가를 얻기 위해 투쟁한다. 내가 해골을 주워 와서 정을 주는 행위도 마찬가지일 것이다. 자기 삶의 채워지지 않는 무언가를 충족하기 위해 때로는 이성은 제쳐두고 돌격해야할 때가 있다. 옳건 그르건 간에 어떤 순간에는 그래야 한다.

학원 근처 골목으로 돌아오자 저녁을 먹을 시간이 지나 있었다. 나는 집으로 가지 않고 어둑어둑해진 골목을 한 바퀴 돌았다. 주택가 담장을 따라 일렬로 주차된 자동차들과 새로 생긴 마라탕집 안에 꽉 들어찬 손님들, 늘 약국을 지키는 빡빡머리 약사, 손님 없는 와인 전문점, 스타벅스에 빼곡히 앉아 있는 사람들, 대형 브랜드 학원 앞에 줄지어 늘어선 노랑 버스들, 담배를 피우다가 아무렇지도 않게 도로 연석에 짓이기고는 그 손으로 가게 안으로 들어가 돼지고기를 손질하는 정육점 사내에 이르기까지, 나는 일상적인 풍경 속에 서 있거나 걷거나 잠겨 있었다. 세상이 물속에 가라앉아 있는 것 같았다. 도로 한복판, 저녁 풍경에 갇혀 있는 것은 닭과 달걀의 의미를 상상하는 일만큼이나 무의미했다. 사람들은 부유하듯 걷는다. 걷듯이 부유한다. 걷는 게 아니라 헤엄을 치고 있다. 옆구리가 가려워졌다. 인간은 때때로 물고기가 되어가고 있다. 익숙하던 바다를 떠나 뭍으로 올라섰을 고생대의 물고기 고고나수스가 등장한 이래 4억 년가량이 흐른 뒤, 인간은 다시 바다로 돌아가기 위해 흐느적거리며 필사적으로 비늘이 돋기를 고대한다.

발걸음이 공원 앞에서 멈추었다. 동시에 제멋대로 뻗어가던 내 상상도 멈추었다. 물리학의 최신 이론들은 시간이 흐르지 않는다고 주장하는 분위기다. 마치 게임 속 주인공 시점처럼, 시간은 존재하는 자아, 혹은 생각하는 자아가 움직이기 시작할 때, 혹은 상상하기 시작하는 순간 발생하고 그 안에서 소멸한다. 생각 속에서 우주가 펼쳐지고 사건이 일어나고 소멸한다. 그것이 생명체들이 공유해온 세상이라는 물질세계다. 관찰하는 순간 성질이 결정된다. 슈뢰딩거가 고안한 상자 속의 고양이처럼, 뚜껑을 열기 전에는 아무것도 알 수 없다. 그러나 뚜껑이 열리는 순간 다른 한쪽의 결과도 결정되어버린다. 아무리 멀리 떨어져 있다고 해도 시간과 공간을 초월하여 한 존재는 다른 존재에게 영향을 끼친다. 아니, 다른 존재의 삶 전체를 순식간에 결정해버린다. 어떻게 보면 불합리하고 폭력적이다. 나, 라는 존재체가 사라지고 우리가 남는다. 서로 연결된 존재, 그러나 이런 관계에서 존재는 외로움을 느낀다. 이것을 어떻게 설명할 수가 있을까.

달과 내가 '달의 정원'이라고 부르던 장소는 무인 빨래방과 빌라 단지 사이, 좁은 골목 안쪽에 만들어진 작은 공간이었다. 크기는 스무 평 정도밖에 되지 않았고 그 흔한 시소도 미끄럼틀도 없었다. 대신 오래된 플라타너스 일곱 그루가 담장처럼 공원을 둘러싸고 있었는데, 나무 아래에 벤치가 딱 한 개 놓여 있어서 우리는 밥을 먹거나 저녁 산책을 마친 뒤 달의 정원으로 가 데이트를 했다. 벤치에 앉으면 우물에 뜬 것처럼 달이 잘 보였다. 거기 앉아 아무도 모르는 작은 섬으로 둘만이 유배되어 같이 물을 긷고 밥을 하고 한 시절 예쁘게 사랑하다가 죽어가는 상상을 했다. 그런 삶이라면 죽음의 순간이 와도 별로 후회하지 않을 것 같다고 자주 생각했다. 그때만 해도 그녀가 떠난다는 생각을 해본 적이 없었다. 그 시간이면 달은 언제나 거기 걸려 있으리라 믿었다. 설령 그믐밤이라고 해도 보이지 않는 우물 속에 달이 잠겨 있으리라는 믿음.

그런 믿음은 너무나 쉽게 배반 당한다. 그러므로 우리는 어떤 약속도 섣불리 해서는 안 된다. 맥주가 마시고 싶어졌다. 빨래방 앞에 서서 윙윙 돌아가는 세탁기들을 잠깐 쳐다보다가 공원을 떠났다. 편의점에서 맥주를 사서 집으로 돌아가 마실까 했지만 해골이 아닌 살아 있는 사람이 그리웠다. 내 발걸음은 지금까지 한 번도 가본 적이 없는 미미상美味傷으로 향했다. 미미상은 학원 반대편 골목, 시장 근처 상가 건물 지하에 자리 잡은 술집 겸 식당이었다. 지나다니면서 간판을 족히 수십 번은 보았는데, 얼핏 보았을 땐 일본식 술집일 거라고 막연히 추측했다. 아마도 이름이 풍기는 이미지에 기대어 관습적으로 추론한 것 같다. 그러나 한자漢字를 한 글자 한 글자 따져보니 그게 아닐 수도 있겠다는 생각이 들었다. 아마도 주인은 젊은 날 자신이 동경하던 어떤 예술적 가치를 술집 이름에 녹여냈을지도 몰랐다. 그간의 경험으로 미루어 그런 사내들은 대부분 꽁지머리를 하고 술집 구석에 낡은 기타를 세워둔 채 손님이 있건 없건 엘피판을 돌리며, 나름 자부심을 느끼며 제 인생을 살아내고 있을 것이다.

이런 상상 속에서 가게 문을 열고 들어갔지만 예상은 보기 좋게 빗나갔다. 주방 겸 입식 카운터엔 30대 중반쯤으로 짐작되는 눈이 예쁘고 마른 여자가 서 있었다. 이마가 넓고 눈꼬리는 아래로 내려와 선한 인상을 주었으며 입술은 작고 도톰했다. 전체적으로 내가 좋아하는 인상이었다. 쌍꺼풀진 눈두덩이 약간 튀어나와 있었는데, 나는 새우를 닮은 그런 눈을 정말 좋아한다. 그렇다고 값싼 호감을 표시할 수는 없어서 여자 앞에 둘러앉게 마련된 자리를 두고 구석에 마련된 2인용 식탁에 앉았다. 술은 일본식 정종과 국산 청주들을 다양하게 팔고 있었다. 나는 그런 술을 잘 먹지 않았으므로 눈치가 보였지만 맥주를 주문했다. 안주로는 '달향'이란 걸 주문했다. 언젠가 학원에서 수학을 가르치는, 통상 최 수학으로 불리는 최 선생이 '달향'에 대하여 얘기한 적이 있기 때문이다. 저쪽 골목에 가면 미미상이란 술집이 있는데 여자가 병에 걸린 것 같은 눈동자를 갖고 있다. 여자 혼자 술집을 하니까 온갖 날파리들이 꼬이는데 셔터를 내릴 시간이 되면 선팅이 짙게 된 고급 외제 승용차가 가게 앞에 나타나 그녀를 냉큼 데려간다. 그 집에서 가장 특이한 것은 '달향'이라는 안주다. 중간 크기 닭다리 다섯 개를 어떤 소스를 발라 구워내 접시에 담고 치즈 몇 조각과 토마토 조각을 올리는데 닭고기에서 아주 특별한 맛이 난다. 간혹 손님이 소스나 향신료 종류를 물어보면 절대로 얘기를 하지 않고 웃기만 하는데 아마도 영업 전략일 거라는 이야기였다. 그러나 최 수학의 장황한 설명과 달리 달향에선 별다른 맛도 향도 나지 않았다. 오히려 안주의 이름을 왜 그렇게 지었는지가 더 궁금해졌을 뿐이다.

손님이 나 혼자였기에 술을 마시는 동안 눈치가 보였다. 저 여자도 나도 결국은 몸속에 비슷하게 생긴 해골 하나를 숨기고 있을 터였다. 그것으로 겨우 중심을 잡고 서서 저녁마다 출근을 하고 달항을 팔고 누군가를 기다리거나 그리워한다. 누구도 그런 행동을 강요하진 않았다. 인생이라고 하는 순간들은 그렇게 흘러간다. 마치 그래야 하는 것처럼. 그러다가 얼마 안 돼 끝나도록 되어 있다. 그런 다음 화로에 넣어져 1천 도의 불길을 견딘 후에 땅속으로 들어간다. 아무런 의미도 남기지 않고 사라진다. 따라서 그들의 불행하거나 행복한 삶은 순간의 희로애락 속에서 존재함을 느낀다. 이것은 모순이다. 희로애락만이 존재 가치를 증명한다. 존재들은 소멸되지 않기 위해 악착같이 자기 생을 붙든다. 이 모든 행위는 의미를 얻기 위한 투쟁으로 이어지고 의미를 지닐 때 존재는 슬픔에 잠긴다. 사랑이라는 보잘것없는 감정도 그렇다. 그것이 나의 내부에 존재할 때 비로소 위안과 행복을 얻는다. 달의 정원에 앉아 달을 느낄 때 달은 거기 있고 행복도 거기 있다. 하지만 존재가 사라지면 달이 거기 있어도 쓸쓸함만 남는다. 술집 미미상엔 언제나 그녀가 있다. 술집 미미상이 존재하는 한 마치 뼈대처럼 그녀가 거기에 있다. 이 골목을 오가는 누군가는 그런 것에 의미를 두고 위안을 받을지도 모르겠다.

"그러니까……."

계산을 빌미로 그녀 앞에 섰을 때 나는 미적거리며 말을 걸었다.

"늘 궁금했습니다. 저는 이 근처에서 직장을 다니는 사람인데요."

"뭐가요?"

여자가 약간 부자연스러운 미소를 머금고 물었다.

"미미상 말입니다. '아름다울 미'와 '맛 미'는 알겠는데 상처 傷은 무슨 뜻인지 도무지 모르겠습니다. 맛과 아름다움과 상처가 어떤 조합을 이룹니까. 맛에도 상처가 있습니까?"

여자가 차분한 눈동자로 나를 보았다.

"왜 그러세요? 제가 혹시 잘못된 질문이라도……."

내 질문에 여자가 고개를 저었다.

"아니에요. 지금까지 그걸 물어본 손님은 처음이라서. 혹시 국어 선생님이세요?"

"아뇨. 그냥…… 괜히 물었나요?"

여자는 대답 대신 다시 알 듯 모를 듯한 미소를 입에 걸었다.

"다음에 들르시면 알려드릴게요……."

나는 다시 오겠다는 말을 남기고 미미상을 나왔다. 계단을 걸어 올라올 때 홀로 남겨진 여자가 주섬주섬 가게 정리를 하는 기척이 느껴졌다. 두 개밖에 먹지 않은 달향의 남은 음식들을 치우고, 접시를 개수대에 넣고 소등을 하고 시계를 보고 거울을 꺼내 화장을 고치겠지. 참았던 소변을 보고 휴대전화 화면을 확인하고 외투를 걸쳐 입을 것이다. 그즈음, 먼 곳에서 한 사내가 자신의 안정된 수익과 사회적 위치를 나타내는 고급 외제차를 몰고 자신의 주거지를 출발한다. 그는 자동차 안에서 조금 기다리거나 담배를 피우거나 음악을 들을 것이다. 그는 여자의 아버지일 수도 있고 남편일 수도 있고 가정이 있는 애인일 수도 있다. 마침내 지하로 내려가는 계단 입구에서 예쁜 눈을 한 여자가 사랑스러운 미소를 얼굴에 담은 채 자동차를 향해 빨려오듯 다가오면 남자는 문을 열어주고는 수고했다며 여자를 안아주겠지. 승용차가 매일 매일 그 시간에 같은 자리에서 출발한다. 남자는 오늘은 어땠냐고 물을까. 여자는 가게 이름에 대하여 물었던 마지막 손님에 대하여 조곤조곤 이야기할지도 모르겠다. 방금, 이미 죽어버린 사람의 눈을 한 허깨비 같은 사내 하나가 다녀갔다고!

나는 집의 반대편으로 걷는다. 미미상에 들를 때부터 이미 그러기로 작정했는지도 모르겠다. GS 편의점으로 들어가 기네스 한 캔을 산다. 기네스를 마시며 나는 걷는다. 걸으며 생각한다.

존재가 존재를 떠난다는 것의 의미는 무엇일까. 세상을 향해 두 사람이 빚어내던 고운 소리 하나를 자의든 타의든 어느 한쪽이 잃어버리는 것을 말하는 게 아닐까. 어느 공간이든 그런 흔적들이 무수히 버려져 있을 것이다. 길에 버려진 그것을 누구든 무심코 집어 주머니 안쪽에 집어넣을 수 있는 것이다. 집으로 돌아와 주머니를 비우게 될 때, 그것은 주머니를 빠져나와 또다시 바닥에 버려지거나 창문으로 날아오르거나, 타인의 이야기 속으로 옮겨지면서 희미해지고 묽어진다. 그러니까 그것은 언제나 우리 가운데 있고 종종 버려질 수 있으며 어디서든 다시 시작된다. 그것은 전혀 특별하지 않으며 언제나 우리 주변을 서성이고 있다.

나는 뛰기 시작한다. 고등학교 정문을 지나, 문 닫힌 빵집을 지나, 영어 학원과 마을 교회를 지나, 교차로를 지나고 중국집과 꽃집과 던킨도너츠 가게를 지나간다. 청소차 한 대가 악취를 풍기며 골목에 내놓은 쓰레기봉투들을 치우고 있다. 빈차등을 밝힌 택시들이 도로가에 멈춰 서 있다. 시끄럽게 하지 마! 저리 꺼지라고! 꽃집 근처를 지나갈 때 건물 2층 창문이 드드득 열리더니 누군가 빽, 소리를 지른다. 나는 반사적으로 위를 쳐다본다. 전봇대에 반쯤 가려진 창문에서 흰옷을 입은 여자가 앙칼지게 소리를 지르고 있다. 이어, 작고 흰 고양이 한 마리가 야옹 소리를 내며, 전봇대를 돌아 담장과 건물 사이 좁은 틈으로 빠르게 숨어든다. 흰 고양이가 흰옷 입은 여자의 잠을 방해한 모양이다.

# 8

그녀가 갔다, 라고 적어본다. 그것은 사실 아무것도 아니다. 존재는 늘 우리 곁을 떠난다. 그것이 사랑하는 사람이든, 부모 혹은 자식이든, 반려동물이든. 이별의 고통이 뼈마디까지 침투할 때가 있지만, 모두 살아 있는 생명이 감내해야 할 숙명이다. 단순히 떠난 게 아니라 그녀가 죽었다, 라고 적어본다. 그러자 마음이 편해졌다. 아무리 마법을 부려도 죽은 자를 다시 만날 수는 없을 테니까. 한마디로 아무것도 아닌 일이다. 존재하던 것이 존재하지 않게 된 것이다. 아니, 모양을 바꾸게 된 것이다. 그것은 이제 흙이나 나무, 바람의 일부가 될 것이다. 아무것도 아닌 존재가 목소리를 갖고 어떤 형상을 가지면 타인을 배반하고 저주하고 거짓을 속삭이며 절망에 빠뜨린다. 문제는 뼈가 아닌 마음이다.

그 작은 몸뚱이를 위해, 작은 몸뚱이가 누릴 보잘것없는 쾌락과 행복을 위해 인간들은 비현실적이리만큼 현란하게 제 감정의 중심을 옮겨 간다. 온갖 험한 음식을 주워 먹으며 골목에 숨어 사는 고양이 한 마리보다도 못한 삶이다. 아무리 긍정적으로 생각하려고 해도 인간의 삶엔 울림이 없다. 군화로 침상을 밟아가며 울림을 빚어낸 적도 있지만 그것은 그 순간을 견디려고 고안해낸 행위일 뿐이다. 끝없이 저주를 늘어놓고 있는 나라는 존재도 마찬가지. 벌써 한 달 가까이 시간이 지났는데도 여전히 망령 하나를 껴안은 채 살아가고 있다. 망령을 떨치기 위해 술을 마시고 해골을 씻고 군에서 목을 매 죽은 자가 만들어내던 리듬을 기억해낸다. 사데크를, 이미 죽었을지도 모를 음악 선생을 안주 삼아 나 자신을 위로하기 바쁘다. 확실히 정상이 아니다. 죽은 자들의 세계로 너무 가까워지고 있다. 치매가 온 뒤 젊은 날 자신이 가장 아꼈던 무 구덩이 속으로 가라앉아가던 내 어머니처럼.

"무슨 생각을 하세요?"

바로 앞에 앉은 편집장이 물었다. 아까부터 내가 딴생각에 골몰해 있는 게 못마땅했을 터다. 그는 남자지만 늘 꽁지머리를 하고 다니는 사람이다. 처음 만났을 때 목소리가 굵지만 않았으면 여자라고 착각할 뻔했다. 그는 이름을 대면 알 만한 유명한 대학교의 국문과를 나와서 평론 활동을 겸하는 인물이었다.

"요즘 몸이 좀 안 좋아서……."

나는 되는대로 둘러댔다.

"눈 밑 다크서클을 보니 술독에 빠져 사시는 것 같은데요?"

옆에 있는 작가가 농담이라는 듯 웃으며 말했다. 아마 나를 돕느라 하는 말이겠지. 그는 전에도 함께 술을 마신 적이 있는 동갑내기였다. 특별히 연락을 하고 지내지는 않았지만 출판사 모임에서 만나면 언제나 살갑게 아는 체를 해왔다. 젊은 작가들의 경장편 시리즈를 내겠다는 출판사의 기획 의도를 듣기 위해 모인 자리였다. 다섯 작가 중에서 세 명만 참석하고 나머지 둘은 보이지 않았다.

"귀신같네요. 끝나고 또 한잔합시다."

나는 어색한 분위기를 무마할 요량으로 그렇게 얼버무렸다.

"에, 잘 들어보세요. 특별히 기획 의도를 강요하고 싶진 않습니다. 그냥 각자, 뭔가를 키우는 얘길 해주시면 좋겠어요. 개나고양이 같은 반려동물 말입니다. 요즘엔 그런 이야기가 그나마 팔리는 편이에요. 너무 심각한 얘길 할 필요는 없고, 그냥 만나고 헤어지고 지지고 볶는데, 거기 사랑스러운 반려동물들이 끼어들면 됩니다. 배경으로."

꽁지머리 편집장을 대신해 30대 여자 편집자가 설명했다. 어려운 소설은 아닐 것이었다. 개나 고양이라면 지겹게 보아왔으니까. 무엇보다 책을 내는 게 중요했다. 신춘문예나 권위 있는 문예지로 등단한 것도 아니어서 이런 기회가 쉽게 찾아오지도 않았다. 「땡!」을 보고 연락드린다며 편집자가 전화를 해왔을 때 내 귀를 의심했다. 그 시리즈에 참여한 작가들의 면면이 나보다 훨씬 대단했기 때문이다.

"제가 거기 껴도 되겠습니까?"

"네, 제가 「땡!」을 너무 재밌게 읽어서 특별히 추천을 했어요."

나는 다시 귀를 의심했다. 세상에 그 작품을 재밌게 읽은 사람이 있다니. 결코 재미있는 소설이 아니었다. 재미있으라고 쓴 작품도 아니었다. 그냥 어쩌다 보니 쓰게 되었을 뿐이다. 「땡!」은 웹진에 올린 50매짜리 짧은 소설이었다. 20대 후반의 평범한 사내가 골목을 걷고 있다. 고등학교 때 자신이 사랑했던 여자가 살던 집을 찾아온 참이다. 당연하게도 그 골목, 파란 대문이 달린 집에 그녀는 살고 있지 않았다. 구멍가게 주인으로부터 오래전에 이사 갔다는 얘기를 듣는다. 물론 사내도 알고 있다. 하지만 자신도 감정을 어찌하지 못해 옛 골목으로 찾아온 것이다. 사실, 왜 헤어지게 되었는지, 어떻게 사랑하게 되었는지, 그런 기억은 남아 있지 않다. 어느 날 갑자기, 기억 속에 남은 그녀가 보고 싶었던 것이다. 여기까지는 진부한 이야기다. 그러나 사내는 골목을 내려오다가 전봇대에 붙은 이상한 종이 한 장을 발견한다. 땡, 너를 기다리고 있어! 연락을 줘. 거기엔 연락처까지 적혀 있었다. 땡은 그 남자의 고등학교 때 별명이었다. 집으로 돌아오며 사내는 잃어버린 개나 고양이를 찾는 전단지일 것이라고 추측했다. 전단지 속 전화번호를 보자 옛 연인이 지금도 여전히 어딘가에서 살아가고 있음을 실감하고 안도한다. 대충 그런 내용이었다.

회의는 좀 싱겁다 싶게 끝이 났다. 어차피 얼굴을 보고, 마감 날짜에 원고를 줄 만한 위인들인지 재확인하는 자리였을 것이다. 그러나 2차는 싱겁지 않았다. 꽁지머리 편집장은 팔도의 막걸리를 모두 맛볼 수 있다는 파전집으로 우리를 안내했다. 편집장은 최근 자신들이 새롭게 펴내고 있는 '소프트세계문학전집'에 대하여 침을 튀기며 떠들어댔다. 소프트세계문학전집은 원전의 내용을 알기 쉽게 정리하고 일러스트를 덧붙여 읽기 쉽게 세계문학사의 명저들을 펴낸다는 취지로, 긴 글을 읽기 싫어하고 휴대전화로 웹툰이나 장르소설을 보는 데 익숙해진 신세대들의 기호에 맞춰 기획한 시리즈였다. 주변의 우려와 달리 시장의 반응이 좋아서 편집장이 회장의 칭찬을 받았다는 얘길 들은 적이 있다.

그 이후 이야기는 중구난방으로 뻗어갔다.

"이건 마치 타부키의 『페레이라가 주장하다』를 끝까지 읽어도 페레이라의 주장이 뭔지 모르겠다 싶은 경우랑 똑같다니까. 니체가 바보들을 가지고 장난치려고 쓴 『차라투스트라는 이렇게 말했다』랑 같은 맥락이지. 꾸역꾸역 한 권을 다 읽고 나서도 제목의 '이렇게'를 찾을 수 없는 희대의 명작들 말입니다. 다른 유형이긴 한데 『돈키호테』만 해도 그래요. 그 작품의 가치를 부정할 사람은 거의 없어요. 『위대한 개츠비』라면 모를까. 사실 나는 『위대한 개츠비』를 세 번이나 정독했지만 왜 개츠비가 위대한지 아직도 알아낼 수가 없었습니다. 작품의 가치가 열 배는 뻥튀기 되었다고 봐요."

보조를 맞춰주려고 그랬는지, 아니면 지기 싫었는지 두 작가도 만만찮은 내공으로 편집장의 말을 받았다.

"아마도 우리가 그 사회를 경험하지 못했기 때문이 아닐까요. 1~2차 세계대전의 한복판을 통과한 영미인들의 관점에서 그 작품을 바라보아야겠죠."

술자리 얘기들이야 원래 떠들썩하고 이내 잊혀지는 법이지만,

솔직히 부담스럽기 짝이 없는 대화들이어서 나는 주로 듣는 쪽을 택했다.

"『위대한 개츠비』가 아주 형편없단 소리는 아니에요. 아주 많이 과장됐다는 얘기예요. 광풍이 휘몰아치던 20세기 미국 사회의 풍경을 고스란히 담고 있다는 점에서 좋은 소설의 하나로 꼽을 이유는 충분해요. 근데 여러분은 왜 그 소설을 읽나요? 20세기 미국을 대표하는 위대한 소설이라는 얘기를 먼저 듣고 책을 읽지 않았나요? 이미 위대한 소설이라고 규정된 소설을 어떻게 위대하지 않게 읽어낼 수 있겠어요? 『돈키호테』나 셰익스피어의 작품 가치를 부정할 수 있는 사람 있어요? 이건 잘못된 거예요. 성경을 부정할 수 없는 기독교도들의 숙명과는 다른 거예요. 우린 부정해야 돼요. 그게 왜 그럴까, 고개를 갸웃거려야 해요. 문학은 거기서부터 시작되는 거예요. 부정함으로써 비로소 하나의 세계가 열리는 거예요. 세르반테스도 아니고 셰익스피어도 아닌 자신의 세계가."

"문학이 아닌, 과학적 모순이 존재하네요."

"과학은 우릴 구원하지 못합니다. 순수정신만이 우릴 구원해요."

"그 세계는 확장이 가능한가요?"

"결국 가장 순수한 사랑만이 세계를 구원할 수 있다는 얘기
네요."

"순수한 사랑이라, 하얀 눈 위에 세워진 빈 집 같은……."

"인간이 거주하지 않는 집 그대로의 빈 집."

"존재하지만 존재할 수 없는……."

맥락이 없는 소리들이 취기와 함께 두서없이 오갔다.

자기도취의 산물인 이런 개소리를 언제까지 듣고 있을 수 없
어서 나는 슬며시 몸을 일으켰다. 주인아주머니에게 큰 소리로
화장실이 어디냐고 물었다. 일행들은 아무도 나를 보고 있지 않
았다. 저쪽이란 말이죠? 네, 쭉, 쭉 돌아가세요. 주인이 건물을 돌
아가라고 했지만 화장실을 찾을 수가 없었다. 마침 골목에 멋대
로 세워놓은 이삿짐 트럭이 보였다. 트럭 뒤로 돌아가 지퍼를 내
리고 소변을 보았다. 더운 김이 모락모락 올라올 때 오줌 줄기가
땅바닥을 기는 뱀처럼 꿈틀거리며 낮은 곳으로 내려갔다. 노상
방뇨 전문가라고 소리치며, 깔깔 웃는 소리가 들렸다. 놀라 뒤를
돌아보았다. 그녀가 서 있었다. 오줌을 다 누고 나서, 지퍼를 올
리고 그녀가 있는 곳으로 걸어갔다. 여긴 어쩐 일이냐고 묻자 지
나가는 길이었다는 답이 돌아왔다.

"여행에서 돌아온 지 불과 사흘도 안 됐잖아?"

너는 대답하지 않았다. 아니, 하지 못했다.

"인간에 대한 예의가 필요했어······."

나는 바닥에 납작 엎드린 그녀의 그림자를 누르며 말했다. 그랬어야 해. 너는. 우린 짐승이 아니니까. 교미 후 수컷을 잡아먹는 사마귓과의 곤충 따위가 아니니까. 관계는 유한하지 않다. 언제든 파괴된다. 영원을 맹세한 약속도 유효기간이 있다. 너와 내가 그랬듯이. 하지만 인간이기에 상대에 대한 배려가 필요한 법이다. 하지만 너는 너무 빨리 네 욕망만을 채우려 했다. 네가 2년 동안 쌓아놓은 말의 탑을 너무도 쉽게 허물었다. 그건 결코 진실한 사랑이 아닌, 짐승의 충동이었음을 인정해야 한다. 어떤 사람은 수없이 쌓고 허물며 겹겹이 해자를 두르는 방식으로 제 사랑을 말한다. 어떤 사람은 단 하나의 기억을 붙잡고 그 사랑이 떠나고 남은 시절을 견딘다. 두 종류의 사랑 앞에서 너는 전자를, 나는 단지 후자를 선택했을 뿐이다. 그러므로 너는 더 이상 사랑에 대하여 말해서는 안 된다. 죽는 날까지 네 위선에 대하여 침묵해야 한다.

네가 말했다. "하지만······ 그건 내가 아니야."

"아니야. 그게 너야."

그림자는 밟으면 밟을수록 다시 일어났다. 그림자는 감정도 영혼도 없다. 그러므로 슬퍼할 일도 기뻐할 일도 없다. 그들이 할 수 있는 일이란 인간의 발바닥에 달라붙어 끈질기게 한 인간을 바닥으로 끌어내리는 일이다. 인간이 행복에 겨워 팔다리를 움직일 때 기괴하게 일그러져 그런 인간을 비웃는다. 어디론가 쏜살같이 뛰어가는 인간의 등짝에 달라붙어서 거친 말을 다루듯 채찍을 가한다. 계단을 뛰어 올라가게 만들고, 허리를 굽신거리게 하고, 햇볕이 쨍쨍한 날엔 신발 밑으로 기어 들어가 제 존재를 숨긴다. 희미한 전등 아래, 인간의 몸뚱이를 타고 앉아 이러저리 굴려가며 마음껏 요동치게 한다. 인간이 하나의 고깃덩어리가 되어 마침내 패배할 때까지, 그리하여 무덤 속으로 들어가 긴 시간 악취를 풍기며 제 살을 발라낼 때까지 끈덕지게 인간의 몸을 탐한다. 마침내 마지막 뼈 한 토막까지 흙이 되었을 때, 슬며시 지층을 들추고 나와 비틀거리는 사내들의 등 뒤로 따라 붙는다. 다시…….

택시를 타고 목동로 933번지 인근에서 내렸다. 걸어오며 살펴보니 미미상엔 여전히 불이 켜져 있었다. 그녀가 지하 주방에 서서 닭다리에 소스를 발라 굽는 장면이 연상되었다. 나는 코를 막고 그녀의 가게를 지나쳤다. 걸음이 빨라졌다. 어느새 나는 뛰고 있었다. 나는 고양이처럼 엎드려 네 발로 기어보았다. 갑자기 익숙하던 세계가 낮아졌다. 마치 물속에 잠기듯이. 그 상태로 나는 횡단보도를 건너고 문 닫힌 빵집을 지났다. 나는 한 마리 짐승이었다. 지난 한 달 가까이 내가 속한 콘크리트 더미를 빠져나와 낯선 골목을 쑤시고 다녔다. 자신이 파먹던 사과를 뚫고 나온 사과 벌레처럼, 그리하여 자신이 전 생애에 걸쳐 전부로 알던 세계가 사실은 붉은 사과 한 알에 지나지 않음을 알아차린 고독한 벌레처럼, 나는 낮이면 회색으로 뒤덮이고 밤이면 네온을 뒤집어쓰는 도시라는 익숙한 익명의 공간을 객관적으로 보게 되었다. 쇼윈도에 비치거나 복도 유리에 비친 내 몰골도 때론 타인으로 보였다. 그것은 내가 아니다. 내 눈길이 잠시 머물다 빠져나간 마네킹이거나 큼지막한 풍선일 뿐이었다.

맥주를 마셔야겠다. 편의점에 들러 기네스 한 캔을 샀다. 편의점 문 앞에 서서 안주도 없이 내용물을 모두 들이켰다. 견고하던 거리가 사각의 권투 링에 갇혀 출렁이는 것 같다. 나는 일부러 먹자골목을 한 바퀴 돌아 집으로 향했다. 크리스마스엔 사랑을 고백해요, 날짜 지난 상품 전단에 붙은 글귀들, 풀코스 10만 원, 부킹 100퍼센트, 애인 만남, 발밑으로 깔리는 종이 낙엽들, 신장개업한 가게의 쿵쾅거리는 음악 소리와 춤추는 소녀들, 럭키 포차, 24시간 영업…… 지난 한 달 동안 내 동공에 잠겼다가 잊힌 저

문구들 속에 그녀가 숨어 있지 않을까. 끝없이 흘러와 바쁘게 흘러가는 저 사람들, 저들 가운데 하나가 그녀는 아닐까. 나는 그녀를 모른다. 그러나 그녀는 나를 알고 있을 것이다. 그것은 누구일까. 어쩌면 사람의 이름일 수도 있고 아닐 수도 있다. 실체가 모호한 추상명사일 수도 있다. 누군가의 노래이거나, 방향을 가리키는 기호이거나, 내전이 벌어지는 지역의 암구호일 수도 있다. 그녀의 이름은, 내가 그리워하는 대상은 상기한 모든 것이거나 아무것도 아닐 수도 있다.

원룸의 문을 열자 미미한 악취가 느껴졌다. 개수대의 씻지 않은 그릇 냄새일까? 아니면 화장실 냄새일까. 코를 킁킁거려보았다. 진원지는 침대 부근이었다. 아무래도 골의 몸에서 나는 냄새 같았다. 골을 씻어야겠다. 하지만 귀찮았다. 불을 켜지 않은 채 골이 누운 이불 속으로 들어갔다. 쌀쌀해진 날씨에 술까지 마신 탓인지 몸이 떨렸다. 손을 뻗어 골을 더듬었다. 손가락이 뼈마디를 타고 비스듬히 넘어가며 늑장뼈가 어렴풋이 만져졌다. 늑장뼈 주변으로 부드러운 살이 느껴졌다. 손으로 쓸어보았다. 나만의 착각인지 알 수 없지만, 물렁물렁한 게 만져졌다. 하지만 불을 켜 확인하지는 않았다. 골도 한때는 누군가의 품에 안겨 이런 온기를 주고받던 시절이 있었겠지. 그러나 지금은 차갑게 잊혀졌다. 그러니까 뼈는 그런 기억들을 여전히 품고 있는 것이다. 완전히 떠나보내지 않았다. 저 단단한 뼈대가 불에 으스러지거나 흙 속에서 수백 년을 견디다가 썩어 사라지지 않는 한 그것은 여전히 존재를 의심한다. 제 존재를 의심하는 이유는 아직 완전하지 않기 때문이다.

골의 등을 어루만지며 중얼거렸다. "네가 있어서 다행이야."

골은 등을 돌렸다. 퀭한 눈구멍을 들키고 싶지 않다는 듯이.

# 9

생각해보니 나는 매 순간 이별하며 살아왔다. 엘리베이터에 올랐을 때, 양쪽 거울에 비친 거울 속의 거울, 거울 속의 거울, 그 속에 비친 수천 개의 나처럼 삶은 겹겹이 그런 기억들을 쌓으며 나아간다. 그러면서 아무렇지도 않게 길에서 아는 사람을 만나 서로 안부를 묻고 한때 알던 사람들의 부고를 접하며 밥을 먹고 뉴스와 드라마를 보고 노래를 듣고, 산책을 나간 어느 일요일 오후 햇살이 발등을 비추는 것을 보면서, 혹은 보도블록 틈새로 솟아난 싹 하나를 발견하고는 혹은 횡단보도에서 손을 들고 걸어가는 노란 가방 멘 유치원생과 멈춰 선 트럭들을 보면서 혹은 백발의 노모 손을 꼭 붙잡고 걸어가는 일흔 노인을 보며 아직은 세상이 살 만한 곳이라고 중얼거리기도 한다.

달을 만나기 전 나는 2년 동안 나를 짓누르던 폐허의 기억과 타협을 해가고 있었다. 그때도 몇 달이나 같은 고통에 시달린 기억이 있다. 어느 날 갑자기 닥친 이별 앞에서 잠깐 휘청거렸다가 그것을 삶의 일부로 받아들이기로 한 것이다. 그것, 그러니까 폐허의 기억을 내면에 쌓게 된 동기는 아주 단순했다. 나를 둘러싼 골목과 그 골목 끝에 있는 세계가 가하는 위협을 나 자신이 두려워하지 않았기에 벌어진 일이었다. 공교롭게도 그녀의 이름도 달이었다. 이름이 이월李月이었다. 나는 어떤 중첩 속에 있었다. 모든 게 내가 만든 환영이었다. 세상은 늘 그래왔다. 나뉘고 합쳐지고 또한 떨어져 나온다. 이를테면, 지금 도시 모퉁이 어느 놀이터 벤치에 앉아 서로 입을 맞추는 연인을 보라. 벤치에 앉아 연인의 입술이 베푸는 온기 속으로 몰입하는 장면은, 그 벤치에서는 전혀 낯설지 않다. 벤치의 이력과 공간의 기억들은 수없이 중첩돼 있고 때로 그것을 품고 있다가 꺼내기를 반복할 뿐이다. 그들의 행위는 공간에 기억을 더하는 것에 지나지 않는 것이다.

이월은 설탕 중독자였다. 아니, 단것을 너무도 좋아했다. 만날 때마다 막대가 달린 사탕을 입에 물고 있었다. 사탕이 다 닳아 없어지면 막대 끝을 한번 쭉 빨아 먹은 뒤에 쓰레기통에 버렸다. 그녀는 세계가 설탕으로 이루어져 있으면 좋겠다고 말했다. 놀이터의 벤치도 보도블록도 자동차도 휴대전화도 나무도 구름도 모두 설탕인 세상, 심지어 사람도 설탕이고 사람과 사람이 느끼는 온기도 설탕이며 맞닿는 가슴의 느낌까지도 설탕인 세상. 악당도 설탕이고 슬픔과 외로움, 심지어 기쁨도 설탕인 세상, 사랑이라는 감정도 설탕이어서 그리워할 필요도 없고 화를 내거나 마음 졸일 필요도 없고 마음이 변할 걱정을 할 이유도 없어서 자신은 언제나 달콤하게 흘러내리고만 싶다고 가끔 오글거리는 말을 하기도 했다. 그녀는 교사가 되기 위해 임용고시를 준비하고 있었고 틈날 때마다 시를 썼다.

그녀를 처음 만난 장소는 물속의 도서관이었다. 다른 사람들은 어떻게 생각할지 모르지만, 적어도 우리는 거기를 물속의 도서관이라고 불렀다. 그녀는 서울 변두리에 살고 있었는데, 낙후된 그 마을에 정부가 최신식 도서관을 지어주었다. 도서관으로 가려면 지하철역을 나와 비가 오면 잠긴다는 저지대로 한참을 내려가야 했다. 안개나 스모그가 낀 날, 아득히 멀리서 보면 도서관은 물에 잠겨 출렁거렸다. 정문으로 들어가려면 교외로 빠지는 순환도로 위로 지나가야 했다. 순환도로 위에는 아치형 육교가 놓여 있었다. 멀리서 육교 위를 바라보면 크고 작은 물고기들이 비늘을 흔들며 필사적으로 헤엄치는 것 같았다. 살기 위해서 혹은 먹이를 구하기 위해서 적들로부터 자신을 보호하기 위해서 우리는 매주 한두 차례씩 그곳에 들러 책을 읽고 공부를 하고 식판에 밥을 받아 먹었다.

디저트로 아이스크림을 먹을 때 그녀가 말했다. "시험에 합격하면 나는 너와 결혼할 생각이야. 듣고 있니? 이제부터 우리의 그림자는 하나가 되는 거야!"

어느 토요일 오후였다. 우리는 식당 근처 벤치에 앉아 노란 볕을 쬐고 있었다. 갑작스러운 말이었으므로 나는 별 대답도 하지 못했다. 그녀와 결혼한다는 생각을 한 번도 한 적이 없었기 때문이다. 그녀도 마찬가지였을 것이다. 그날, 모처럼 허공으로 떠오른 해가 뿌리는 빛살 아래 앉아 나란히 아이스크림을 먹을 때 갑자기 그 말이 하고 싶었을 것이다. 그런 말은 누구나 할 수 있고 그 약속을 꼭 지켜야 할 이유도 없다. 순간을 견디기 위해 매주 한두 번씩 만나 데이트를 하는 우리처럼 어떤 순간에 제 역할을 했을 뿐이다. 그날의 햇볕 속에서 두 다리를 뻗고 앉아 혀에 부드럽게 녹아드는 아이스크림을 빨아 먹던 순간, 그 순간의 행복을 구구절절 설명하지는 않겠다. 지킬 수 없는 약속이라도 가끔은 가치가 있다고 느껴질 때가 있다. 그래서 우리는 자꾸만 무언가를 꾸며서 말하길 주저하지 않는가.

"만에 하나 자꾸 떨어지면……."

그녀의 손이 건너와 할리갈리 보드게임을 하듯 내 손에 포개
졌다.

"왜 그런 말을 해……?"

그녀는 진지했다.

"그때도 변함없이 내 곁에 있어주어야 해. 누구도 우릴 알아보
지 못하는 바닷가 마을로 너랑 가고 싶어. 그곳에서 낡은 집 한
채를 빌려 아이를 낳고 싶어. 너의 아이를."

그날 이후 뼈저리게 느꼈지만, 살면서 그런 말과 행위에 의미
를 부여할 필요는 없다. 그것은 순간 속에서 그대로 진실이 된다.
소멸되는 것이 아니라, 그 순간에 존재하는 것이다. 솔직히 말하
자면 그녀는 운이 나빴다. 매번 한두 문제가 발목을 잡았다. 정말
거짓말처럼 임용고시에 계속 떨어졌고 자존심이 상한 탓인지
점점 나와 거리를 두기 시작했다. 어설프게나마 위로의 말을 건
네보기도 했지만 오히려 그녀에게 상처가 되었을 뿐이다. 나는
결국 관망하는 쪽을 택했다. 일곱 번째 본 시험에서 떨어진 날 그
녀는 죽고 싶다는 문자를 보냈고 정말로 죽어버렸다. 내게 문자
를 보내고 보름 후에 벌어진 일이었다.

그로부터 석 달쯤 지나서 나는 그녀를 다시 보았다. 신이 개입하지 않았다면 절대로 있을 수 없는 우연이었다. 그날 저녁, 나는 그녀를 잃은 슬픔에 잠겨 장미 몇 송이를 사서 영등포 근처 한강 시민공원으로 내려갔다. 언젠가 그녀와 들른 적이 있었기 때문이다. 아마도 그녀의 생일날이었을 것이다. 그날 바위에 앉아 오래도록 한강의 야경을 바라보며 고구마케이크를 먹었다. 10시쯤 되어 각자의 집으로 돌아갈 무렵 우리는 앉아 있던 바위에 이름을 부여하는 작은 의식을 치렀다. 그때 무어라고 작명을 했는지는 기억나지 않지만, 우리는 그 작은 바위가 언제까지나 그곳에 존재하리라고 생각했다. 바위의 영원성이 우리에게 전이되어 사랑이 영원하길 바란 것 같다.

시민공원으로 들어서서 바위가 있던 곳으로 걸음을 옮기다가 텐트 안에서 뒹굴고 있는 두 남녀를 발견했다. 아무리 봐도 여자는 이월이었다. 그녀는 죽기 전과 별다른 변화가 없었다. 비쩍 마른 몸에 좁은 어깨, 약간 졸린 눈을 하고서 주변을 두리번거리며 살피는 버릇도 여전했다. 옆에는 또래로 보이는 남자애가 욕정에 가득 찬 눈을 하고서 그녀의 입에 입을 맞추거나 껴안고 보듬기를 반복했다. 나는 일부러 헛기침을 하며 그들 곁으로 다가갔다. 그녀와 눈이 마주쳤지만 크게 나를 경계하는 눈빛은 아니었다. 그러니까, 이미 헤어진 사이인 것이다. 혹은 죽었거나. 그녀의 기억 속에서 나는 과거의 존재에 불과했고 아인슈타인의 물리법칙을 따르자면 시간 여행을 하지 않는 한 과거는 현재에 개입할 수 없게 되어 있으므로 우리는 서로에게 어떤 물리적 영향도 끼칠 수 없었다. 나는 그저 소심한 복수를 할 따름이었으니, 그녀가 보는 앞에서 들고 있던 꽃다발을 내동댕이치는 유치한 짓을 했던 것이다. 그녀는 말은 하지 않은 채 깔깔거릴 뿐이었다.

물론 나의 이런 기억이 모두 사실이라고 주장하는 것은 아니다. 나는 지금, 머릿속에 떠오르는 대로 적어 내려갈 뿐이다. 어쩌면 두 여자에 대한 기억은 뒤죽박죽 뒤섞여 있을 수도 있다. 비단 두 여인의 추억뿐만 아니라 그간 살아오면서 경험한 연애의 기억들, 심지어 영화에서 보았던 인상 깊은 장면들이 기억을 헤집고 들어와 나의 것이 되었을 수도 있다. 분명한 사실은 종류 불문하고 그런 기억들은 매번 존재를 우울 속으로 몰아넣는다는 것이다. 나는 눈을 뜰 때마다 망령들에게 시달렸다. 버스에 오를 때도 지하철 계단을 내려갈 때도 엘리베이터에 탈 때도 나는 그녀들을 보았다. 눈이 작은 여자, 눈이 새우처럼 튀어나온 여자, 쌍꺼풀이 깊은 여자, 쌍꺼풀이 얕은 여자, 어깨가 좁은 여자, 얼굴이 하얀 여자, 입술이 얇은 여자, 입술이 두툼한 여자. 그런가

하면 눈꼬리가 올라가거나 내려간 모양 혹은 한 존재에 다른 존재를 각인하는 순간적인 인상들, 어디서든 나는 그것을 보았고 매 순간 절망에 빠졌다.

　어느 날 문득 우주의 구석에서 내게로 온 해골도 그런 존재가 아닐까. 골을 안고 골에 입을 맞추고 골과 대화를 하는 날이 많아질수록 가슴 한쪽에서 불안감이 자라났다. 그럴수록 나는 그것에 집착했다. 매일같이 골의 몸을 씻고 텅 빈 하관으로 물을 넘기고 흰 손목을 꽉 움켜쥐며 온기를 확인하기 위해 애썼다. 꿈인 듯 생시인 듯 가슴으로 안겨오는 감촉을 느끼다가 놀라 눈을 번쩍 뜨기도 했다. 골이 이름을 부여 받은 뒤부터, 적어도 내 방에서는 현실과 꿈이 하나로 섞여 몽환적인 분위기가 만들어졌다. 내 집이 익숙해진 뒤부터 골은 홀로 일어나 아침이면 머리를 빗었고 내 입술에 키스했으며 때론 창문을 열고 뿌연 대기 속으로 시선을 던져두기도 했다. 골의 몸에 조금씩 살이 붙고 있었다. 연골 주변으로 관절이 생기고 근육이 늘고 피가 흐르는 소리가 들렸다. 인체의 조직으로 단단하게 감싸인 갈비뼈 속에서 비밀스러운 일이 진행되고 있는 게 분명했다. 어느 날 불시에 심장이 뜨겁게 뛰고 뻥 뚫린 눈구멍 속에 자리 잡은 지혜로운 까만 눈동자를 번쩍 떠 내 이름을 부를 것만 같았다.

해골이 단순한 뼈의 집합이 아니라 하나의 존재가 되어 자라날 동안 나는 가급적 방의 불을 켜지 않았다. 불을 켜면 내가 품었던 모든 환상이 물거품처럼 사라지고 침대엔 마른 뼈대 하나가 천장을 보고 누워 있을 뿐이었다. 나는 커튼을 암막 커튼으로 바꾸었고 방 안의 사물을 식별할 수 있도록 희미한 램프등 하나를 샀다. 어둠 속에서 해골은 점점 부피를 키워갔다. 마치 그림자가 자라나듯이. 눈두덩을 손으로 문지르면 분명하게 눈동자의 움직임이 느껴졌다. 가슴에선 심장 뛰는 소리가 들렸다. 입술에 손을 대면 주름과 부드러움, 촉촉함이 동시에 느껴졌다. 입속으로 손을 넣으면 말랑말랑한 혀가 만져졌다. 내가 말을 걸면 언제든 대답을 할 준비가 돼 있다는 듯이. 매끄러운 허벅지를 타고 올라가면 만나게 되는 탄탄한 엉덩이는 안을 때마다 내 복부에 닿았다. 머리카락에선 바람 소리가 나는 것 같았다. 발바닥에선 낙엽을 밟으며 몸을 움츠리고 걷던 기억들이 조금씩 되살아났다.

술에 취해 돌아온 어느 밤 나는 격렬한 몸짓으로 그것을 안았다. 나는 헐렁한 잠옷을 들어 올려 그녀의 배꼽에 키스했다. 입술에 닿는 살의 감촉이 뜨거웠다. 나는 조금 더 위쪽으로 옮겨 가 그녀의 가슴에 얼굴을 비볐다. 그녀의 목덜미에선 아이처럼 젖비린내가 났다. 입술에 입술을 대자 입안이 벌어지며 혀의 감촉이 느껴졌다. 나는 깊은 구덩이 속으로 추락하듯, 그녀의 입술을 탐하며 안으로 들어갔다. 맞잡은 두 손이 하나가 되고 심장의 움직임이 하나가 되고 램프에 비친 둘의 그림자가 하나가 되었을 때 믿을 수 없게도 나는 쉬엑 하는 숨소리를 들은 것 같았다. 분명히 누군가 숨을 내쉬는 소리였다. 그녀가 옆에서 숨을 쉬고 있었다. 여전히 깊은 잠에 빠져 있었지만 말이다. 내가 손을 잡으면 잡는 대로, 입술을 내밀면 내미는 대로, 몸을 맡긴 가운데 그녀는 공벌레처럼 몸을 둘둘 만 채 잠들어 있었다. 그녀의 등에 내 몸을 찰싹 붙인 채 심장 부위를 더듬으며 나는 중얼거렸다.

"사랑해. 정말로 너를 사랑해……."

골은 아무런 대답도 하지 않았다. 해골 따위가 대답을 할 리 없었다. 옷을 주워 입고 방 안의 불을 모두 켰다. 침대에 누렇게 변한 해골 하나가 등을 돌린 채 누워 있었다. 나는 여전히 술에 취해 있었고 때는 아침을 기다리기엔 너무 이른 시간이었다. 젓가락을 꺼내 와서 해골의 다리를 두드려보았다. 통 통 통, 맑은 소리가 났다. 이제 곧은 자세로 누워 있는 하얀 해골은 슬퍼 보이지도 기뻐 보이지도 않았다. 그 자체로 순간 속에 놓여 있었다. 죽기 직전 단 하나의 기억을 움켜쥐고 굳어버린 것처럼. 그건 고개를 빳빳하게 세우고 당당하게 걸어가던 순간의 기억일지도 모른다. 사랑하던 이의 뒷모습을 오래도록 바라보던 기억인지도 모른다. 이미 텅 비어버린 내장 속에 간직된 몸의 순간들, 골은 그것들이 죄다 빠져나간 뒤 어떤 기대도 희망도 없이 누워버렸는지도 모른다. 그리고 지금, 어떤 존재성도 부여 받지 못한 채 하나의 악기가 되어 내 앞에 놓여 있다. 그것이 무엇이든, 어떤 성분을 품었든 모든 사물은 리듬을 숨기고 있다. 버려진 것들일수록 더더욱 그렇다.

플라스틱 자를 가져와 해골을 더 세게 두드려보았다. 짝, 짝, 짝, 소리가 내 영혼에 불안을 더해주었다. 서랍 속에 넣어둔 컴퍼스를 가져와 해골의 다리를 찔러보았다. 해골은 슬픔 어린 표정을 지었다. 나는 뾰족한 침으로 해골의 몸을 찌르거나 두드리는 동작을 반복했다. 해골은 가만히 누워 있을 뿐이었다. 아니 가만히 누워 고통을 견딜 뿐이었다. 마치 그래야 하는 것처럼. 아니 그럴 수밖에 없다는 듯이. 갑자기 무언가 욱 하고 밀고 올라왔다.

"대답을 해! 입 다물고 있지 말고, 대답을 하라고!"

더는 해골이 꼴도 보기 싫어졌다. 침대에서 해골을 끌어내린 뒤 현관으로 질질 끌고 갔다. 당장 내 눈앞에서 꺼지라고 소리를 질렀다. 내가 아무렇게나 벗어놓은 신발 위로 해골은 힘없이 무너졌다. 너는 병신 같은 해골이다. 두드리지 않는 한 어떤 소리도

내지 않는 너, 혼자 힘으로는 눈동자 하나 지탱하지 못하는 너, 스스로 침묵 속에 잠겨 고요 속으로 추락을 거듭하는 겁쟁이. 그러니 꺼져버려! 발로 난잡한 뼈대들을 힘껏 걷어찬 뒤 침대로 돌아와 잠을 청했다. 잠이 들고 깨기를 반복했다. 잠이 깰 때마다 어느 여인이 문 앞에서 울고 있는 게 느껴졌다. 설명할 수는 없지만 거기 한 존재가 앉아 있다. 서럽게 울고 있었는데 나는 그것이 왜 우는지 알지 못했다. 꿈속에서 나는 한 여자의 뒤를 좇고 있었다. 한 여자가 버스에 오르는 게 보였다. 한 여자가 그네에 앉아 있었다. 한 여자가 계단을 내려갔다. 한 여자가 나무 옆에 앉아 책을 읽고 있었다. 한 여자가, 아무것도 아닌 한 존재가 버스에 오르고 그네에 앉고 계단을 내려가고 책을 읽었다. 그리고 아무것도 아닌 내가, 아니 굵고 지친 뼈대 하다가 우두커니 골목에 서 있었다.

갑자기 전화를 걸어온 네가 말했다. "딸기 타르트가 먹고 싶어." 어느 해 새벽이었다.

"지금 그걸 파는 데가 없잖아."

"바보, 누가 지금 먹고 싶대?"

"내일 사다 줄게."

"응, 꼭 거기서 사야 돼. 나는 그것만 먹어."

지금도 영업을 하는지는 모르지만, 목동 파라곤 지하에 수제 딸기타르트를 파는 가게가 있었다. 가격도 꽤 비쌌다. 한 조각에 작은 케이크 하나 값이었으니. 그러나 맛은 훌륭했다. 그녀의 말을 빌리자면 그것을 먹을 때는 그저 침묵해야 한다. 뭐라고 평가를 해서는 안 되는 것이다. 내가 보기엔 겹겹이 둘러싼 얇은 빵 사이사이, 생딸기를 박아놓은 평범한 타르트였다. 하지만 그녀는 주기적으로 그걸 먹고 싶다고 말했다. 그게 나를 보고 싶다는 뜻이었을까. 땀을 뻘뻘 흘리며 타르트가 든 종이 상자를 들고 골목으로 들어서면, 너는 언제나 담장에 바싹 붙어 있다가 고맙다며 입을 맞추고는 그 자리에 서서 타르트를 입안으로 가져갔다. 꿈인가. 꿈이 분명하다. 현실인가, 현실이 분명하다. 밤새 자꾸 그 장면이 악몽처럼 되풀이되었다.

장면이 바뀌자 횡단보도를 건너던 네가 물었다. "던킨도너츠에선 뭐가 제일 맛있어?"

"글쎄, 나는 그냥 다 설탕 맛이던데?"

"에휴, 그러니 아저씨지. 다른 사람들은 모르겠지만 던킨 하면 블루베리필드지. 아삭한 식감도 좋지만 한입 베어 물 때 블루베리 잼이 꿀물처럼 주룩 흐르잖아. 그거 모르지? 그냥, 혀를 시작으로 온몸이 다 녹아내린다니까."

"녹아내리지!"

"그런데 오늘은 던킨이 보이지 않네?"

"글쎄, 어디로 갔을까. 폐업이라도 한 걸까."

"냄새를 맡아보자. 어디든 던킨 근처만 가면 특유의 냄새가 나잖아."

"맞아. 맛있는 가게들은 늘 냄새로 먼저 말을 걸지."

눈을 떠 보니 아침 10시가 다 되었다. 침대 주변이 허전했다. 냄새……. 익숙하던 그 냄새를 더는 맡을 수 없었다. 반사적으로 현관을 확인했다. 골이 보이지 않았다. 화장실 문을 열어 보았다. 침대 밑을 확인했다. 옷장을 열어 보았다. 골은 어디에도 없었다. 신발을 신고 밖으로 나가 보았다. 복도에 흰 부스러기들이 떨어져 있었다. 그것을 찍어 맛을 보았다. 골의 흔적일까? 석회질 느낌이 났다. 흰 가루의 흔적은 계단을 내려가 건물 뒤편, 셔터가 내려진 주차장으로 이어졌다. 섬뜩했다. 주정뱅이 사내가 죽어 있던 곳이었다. 고개를 숙여 셔터 틈으로 안을 엿보았다. 흰 다리뼈가 보였다. 해골은 거기, 연석에 비스듬히 기대 있었다. 마치 살아서 누군가를 기다리듯이, 멀거니 허공을 보고 있었다. 나는 골, 하고 불러보았다. 아무런 반응도 없었다. 타고나기를 입 따위는 없었다는 듯이, 여전히 홀로 침묵에 휩싸여 있었다. 도대체 어떻게 이곳으로 숨어든 걸까. 셔터를 올리고 주차장 안으로 들어가며 주변을 살폈다. 다행히 누구도 나를 보고 있지 않았다.

"돌아가자, 골!"

어떤 움직임도 느껴지지 않았다.

나는 첫날 그랬던 것처럼 해골을 질질 끌고 내 방으로 옮겼다. 그사이, 골은 체중이 불어 더 무거워진 것 같았다. 2층까지 올라갔을 때 아래층 상가에서 시계방을 운영하는 노인을 만났다. 그는 화장실에 다녀오던 중이었다.

그가 나를 알아보고는 물었다. "뭐, 도와드릴 일이라도 있습니까?"

"아닙니다." 나는 괜찮다며 사양했다.

노인이 덕담처럼 말했다. "날씨가 추워져야 하는데 올 겨울엔 눈이 안 오려나 봐요."

"그러게 말예요." 나는 맞장구를 치며 골을 4층까지 끌어올렸다.

노인이 완전히 보이지 않게 되자, 잠깐 골을 내려놓고 이마의 땀을 닦았다. 그가 나를 보고 이러쿵저러쿵 참견하지 않아서 고마웠다. 저 나이 대의 어른들이란 매양 참견하기 좋아하는 사람들일 텐데 말이다. 방으로 들어오자 안심이 되었다. 골의 몸에선 여전히 악취가 풍겼다. 화장실 바닥에 골을 누이고 샤워기로 물을 뿌렸다. 내가 할 수 있는 유일한 세례라고나 할까. 샴푸와 린스 적당량을 손에 덜고 샤워기로 거품을 만들어낸 뒤 골의 몸 구석구석을 문질렀다. 나는 두려웠다. 늘 그래왔듯이 또다시 홀로 남겨질지도 모른다는 두려움이 밀려왔다. 이런저런 핑계를 대며 떠나갔던 '그녀'들이 그랬듯이. 원자와 원자들이 결합하여 이 세계의 물질을 이루는 분자를 만들어내듯이, 관계는 어느 순간 지속과 이탈 사이에서 끝없이 부유하고 번민한다. 약속은 너무도 쉽게 부정되고 현실과 몽상 사이에서 새로운 결합을 위해 움직인다. 떠나는 것들은 헬륨처럼 스스로 가벼워져 제 목소리마저 삼킨 채 공기 중으로 흩어진다. 남겨진 것은 수은처럼 무거워져 한없이 추락을 거듭한다. 그것이 버려진 자의 숙명이다.

골을 씻고 또 씻었다. 개울가에 나와 식판을 씻었던 군 시절의 어느 날처럼, 나는 이 불쾌한 악취가 나를 삼켜버리고 말리란 사실을 잘 알았지만, 이 작은 방을 삼키고 골목을 삼키고 언젠가 이 세계를 전부 삼켜버리고 말리란 사실을 알았지만, 지금 할 수 있는 일이란 당장의 악취를 견디며 가라앉지 않기 위해 투쟁하는 일이었다. 하지만 아무리 씻어도 특유의 악취가 사라지지 않았다. 보이지 않는 뼈의 내부로부터 다시 썩어들고 있는 것 같았다.

마지막으로 지탱하던 뼈마디까지 썩어버리고 흔적도 없이 사라질 모양이었다. 시간은 더 이상 내 것이 아니었다. 나는 소멸하는 시간이 두려웠다. 소멸하는 공간의 기억이 두려웠다. 문 밖의 시간들은 너무도 빨리 흐른다. 아이들이 후다닥 골목을 뛰어가듯, 멈춰 서 있는 나의 시간을 앞지르기 일쑤였다. 나는 시간이 갖는 이원성이 진절머리 나게 두려웠다. 나를 둘러싼 시간은 언제나 미래로 흘러갔고 나의 시간은 멈추거나 과거와 중첩된 채 좁은 방 안에 갇혀 머물길 바랐다. 나는 뼈대를 내어준 살덩이였다. 그리 대단하지도 않은, 누구나 다 하는 이별 앞에서 너무 자주 맥주를 마셨고 추억 어린 골목을 그리워했으며 제풀에 상처 입은 자신을 보며 수치스러움을 느꼈다. 그러다가 잊혀지지 않기 위해, 남겨지지 않기 위해 버둥거렸다.

"이제, 그만해. 그만하자고!"

나는 코를 막으며 불평했다.

"복수를 하려는 건가? 이까짓 냄새 하나로 너를 지옥에 처넣은 나를, 나의 존재를 이웃들에게 알릴 수 있다고 생각해? 스스로 부활했다고 여기는 건가. 하지만 너는 죽은 뼈에 불과해. 너의 무엇도 살아 있을 수가 없지. 이 지독한 악취가 증거야! 나는 너를, 세상 누구도 발견할 수 없는 깊은 땅 속에 묻어버렸으니까."

나는 골을 씻던 손을 멈추고 샤워기를 내려놓았다.

"물론 처음부터 그럴 생각은 없었어. 그건 그냥 사고였어. 어쩔 수 없는 일이었다고!"

악다구니를 하며 나는 바닥에 누운 뼈의 중심을 눌렀다. 안간힘을 다해 나를 밀어내는 힘이 느껴졌다. 순간적인 충동이 일었다. 저 가증스러운 뼈의 조합을 해체하고 싶었다. 206개의 뼈들이 아무것도 아닌 석회질로 낱낱이 분해되었을 때 나는 영원히 내 몫으로 남게 될 값진 사랑에 대하여 감사할 생각이었다. 저 물러터진 살과 피의 흔적을 땅속에 묻어버린 후, 언젠가 단단한 뼈마디까지 썩어 없어져 더는 이 세상에 존재의 흔적이 남겨지지 않을 때 비로소 나는 안도하며 이별을 받아들일 수 있겠지. 그것이 다시 땅을 뚫고 올라와 골목을 지나고 계단을 건너와 내 침대에 숨어들어 썩은 냄새를 풍길 줄은 몰랐다. 최악의 악몽이었다. 악몽을 지우려면 존재를 돌려보내야 한다. 누구도 다치지 않고 누구도 상처 받는 일이 없도록, 각자 처음의 자리로 돌아가는 것 말이다.

"돌아가. 네가 묻혀 있었던 땅속, 아니 지옥으로!"

그리고 리듬, 나는 노래를 불렀다. 〈위 윌 록 유〉였다. 갑자기 쿵 쿵 착, 하는 리듬이 떠올랐다. 나는 샤워기를 마이크 삼아서,

후임병이 그랬던 것처럼 슬리퍼를 신은 발로 타일 바닥을 쿵 쿵 두들겼다. 바로 지금, 나를 짓누르는 시간으로부터 탈출하는 유일무이한 방법은 리듬을 타는 일이었다. 노래를 부르며 몸을 흔드는 순간 나는 욕조와 공터와 익숙하던 공간으로부터 해방되었다. 나는 그곳에 있거나 없다. 슬픔과 집착도 있거나 없다. 기억도 있거나 없다. 나무들은 모두 그 자리에 있었고 창문 밑에 앉아 전화를 거는 사내의 목소리도 여전했다. 하지만 나는 그 공간을 떠난다. 창문을 열었고 노래를 불렀고 담배를 피웠다. 소멸을 향해 나아가는 창백한 달 하나가 창문 위에 걸려 있었다. 제 그림자를 잃어버린 사람들이 자정과 자정의 경계에 서서 몸을 움츠린 채 부지런히 2차선 도로를 지나갔다. 과거와 현재 사이엔 신도 넘을 수 없는 시간의 벽이 가로놓여 있다. 나는 체념한 채, 내가 쏟아낼 수 있는 모든 에너지를 동원하여 엔트로피가 극한에 이를 때까지 밤이 새도록 노래를 불렀다.

## 10

"냄새가 복도까지……."

그들의 의혹은 문을 열고 안으로 들어와서도 사그라지지 않았다.

"정말 지독한데요? 안에서 뭘 했기에."

앞에 선 남자가 코를 틀어막으며 말했다. 골은 침대에, 이불을 뒤집어쓴 채 누워 있었다. 뼈가 썩어가는 냄새라고, 나는 사실대로 말하지는 않았다.

그보다 나이가 든, 다른 남자가 대답했다. "에이, 혼자 사는 총각들이 다 그렇죠 뭐."

뒤에 있는 남자가 물었다. "그런데 왜 갑자기 이사를 가세요?"

특별히 궁금해하는 것 같지는 않았다.

나는 심드렁하니 대답했다. "직장을 옮기게 돼서요."

나는 두 달 전까지, 이 공간에 한 여자가 다녀갔다고 말하지 않았다. 그녀가 문을 열고 들어와 스러지듯 내 품에 안기곤 했다고 말하지 않았다. 함께 영화를 보다가 컵라면과 김밥으로 함께 식사를 하곤 했다고 말하지 않았다. 서로 손을 잡고 있다가 입을 맞춘 적이 있다고 말하지 않았다. 함께 샤워를 하고, 팔다리를 주물러주며 그날 있었던 시답잖은 사건 이야기들을 주고받았다고 말하지 않았다. 아직도 침대 주변에는, 화장실 수챗구멍에는 그녀의 머리카락과 각질들이 남아 있을 거라고 말하지 않았다. 그러니까, 나는 지금 공간의 기억으로부터 도망치는 거라고 말하지 않았다. 그런 건 아무래도 좋았다. 나는 하루 빨리 학원 앞의 작은 원룸을 떠나고 싶었고, 남자는 내 바람을 알기라도 하듯 방이 마음에 든다며 곧 계약을 하겠노라고 말했다. 나는 방을 계약하러 온 사내가 왠지 낯이 익다고 생각했다. 그는 전에 문밖에서 죽은 사내의 얼굴을 하고 있었다.

사내가 방을 나가며 말했다. "아무것도 아니에요. 아무것도 아니죠."

나도 맞장구쳤다. "그럼요. 그건 정말 아무것도 아니죠."

습한 기운이 안면을 감쌌다. 바깥엔 비가 내리고 있었다. 날씨가 점점 추워지며 비는 진눈깨비가 되어 날리다가 다시 비로 변했다. 무엇이라 정의하기 힘든 풍경이었다. 우산을 쓰고 찾아온 두 사람은 부동산중개인과 손님이었다. 나는 이틀 전에 방을 내놓았다. 충동적인 결정이었다. 불행하게도 이 공간엔 수많은 기억들이 칸칸이 포개어져 있다. 그것들은 무의식의 영역에서 부지불식간에 튀어나와 괴물처럼 나의 뇌를 갉아먹는다. 너무도 태연하게 밥을 먹고 섹스를 하고 음악을 듣거나 서로의 팔다리를 주무르다가 시간이 되면 문을 열고 나간다. 나는 주인의 허락도 없이 함부로 내 집을 사용하는 괴물들과 언제까지 이 공간을 공유할 수 없었다. 버리거나 내주어야 한다. 그것이 딱딱하게 굳은 시간을 움직이게 하는 유일한 방법이었다. 이 방이 아니어도 도시 곳곳엔 수많은 방들이 존재한다. 어딘가에서 다시 나의 채취를 묻히고 저녁마다 맥주를 마시며 새로운 기억을 만들어가고 싶었다.

골을 안고 누워 저녁이 되기를 기다렸다. 일어나 세수를 하고 이를 닦았다. 차박 차박 빗물을 밟고 지나가는 사람들의 어깨 위로 인생의 무게가 서로 다른 질량으로 내려앉았다. 그들을 내려다보다가 낮에 편의점에서 얻어 온 박스에 짐을 챙겨 넣기 시작했다. 책을 차곡차곡 넣고 옷을 개켜 박스에 넣는 일은 간단하면서도 복잡했다. 고대의 왕릉을 도굴하는 느낌이었다. 장롱을 정리하다가 사놓고 한 번도 입지 않은 재킷을 발견하고는, 언제 샀는지 한참을 생각해보기도 했다. 기억이 나지 않았다. 그렇게 많은 기억 속에서, 기억으로부터 도피하기 위해 짐을 꾸리는데 재킷이 언제 누구의 손을 거쳐 내 장롱에 이르게 되었는지 기억나지 않았다. 심각한 모순이었다. 컴퓨터 주변에 어지럽게 엉켜 있는 전선들은 더욱더 내 마음을 황량하게 만들었다. 이렇게 많은 선들을 꼬아놓고 나는 지금껏 단 한 번도 풀려고 하지 않았다. 엉킨 선들을 풀어도 인터넷은 느리지 않았고 누구와도 연결이 되었다. 하지만 나는 도망치고 있다. 뒤엉킨 선들만큼이나 내 삶의 동선들도 얽히고설켜 강제로 그것을 끊어내야 했다. 지금이 바로 그런 시점이었다. 밖엔 비가 내렸고 비가 며칠 동안 더 내린다면 내 그림자를 남기지 않게 될 터였다. 이삿짐 트럭을 먼저 보내고 나서 텅 빈 방 안에 앉아 얼룩들을 닦으며 내 지리멸렬한 삶을 핑계로 실컷 울어볼 수도 있었다.

매스컴에선 며칠 뒤 우수에 눈이 올 거라고 떠들어댔지만 대도시에서 눈을 볼 수 없게 된 지는 이미 오래됐다. 누구도 눈 따위를 기대하지 않았다. 눈은 간혹 봄날 벚꽃처럼 희끗희끗 휘날리다가 수줍은 듯 사라졌다. 눈이 쌓이는 풍경을 보려면 이제 강원도 오지로 찾아가거나 동해에서 배를 타고 블라디보스토크로 가야 했다. 시간은 누군가 벗어놓은 외투처럼 의혹투성이였다. 밖에선 여전히 비도 아니고 눈도 아닌 것들이 휘날렸다. 천장을 따라 빗금을 이어가는 알 수 없는 선들처럼 지나가는 사람들의 어깨에도 도시에도 균열이 가고 있었다. 나는 서랍을 열었다 닫았고 양말의 짝을 맞추어보았다. 정말 귀신이 장난이라도 치는지 한 달에 한두 개씩 짝이 맞지 않는 양말이 생겼다. 세탁기 주변을 샅샅이 뒤져봐도 매번 양말이 사라지곤 했다. 나는 그것을 버리지 않고 모아두었는데 그중 짝이 맞지 않는 두 개의 양말을 꺼내 골의 발에 단단히 신겼다. 날이 따스해져 이제는 입지 않는 겨울용 쫄바지도 골의 몫이었다. 비싼 돈을 주고 샀지만 유행이 지나 장롱 한구석에 숨겨두었던, 매년 겨울마다 짐이 되었던 모자 달린 더플코트도 골의 차지였다. 버리려던 옷을 우스꽝스럽게 껴입은 골도 이제 버려야 할 짐에 지나지 않았다. 오래되어 버려야 할 등산화를 골의 발에 신기자 골은 사람이나 다름없는 모양을 갖추었다. 나는 외투를 꺼내 입고 골을 일으켜 세웠다. 골은 어떠한 저항도 하지 않았다. 그것은 본시부터 저항하는 법을 잊고 살아왔을 것이다.

해골을 등에 업은 채 조심조심 텅 빈 새벽 거리로 빠져나왔다. 마치 타인의 바지 주머니에서 비죽 빠져나온 결코 들키지 말아야 할 물건들을 볼 때처럼 남의 눈이 두렵고 조심스러웠다. 계단을 내려갈 때 골의 발이 시멘트 구조물에 걸려 텅 텅 소리를 냈다. 나는 허리를 약간 숙인 채 질질 끌다시피 하며 골을 업고 공터로 걸음을 옮겼다. 문 닫힌 빵집을 지나, 영어 학원과 마을 교회, 교차로를 지나고 중국집과 꽃집과 던킨도너츠 가게를 지나 새벽 속으로 걸어 들어갔다. 이따금 사람들이 지나갔지만 누구도 나를 눈여겨보지 않았다. 사실 이 도시의 사람들은 누구도 서로를 눈여겨보지 않는다. 그들은 서로 다른 시간 속을 살고 있다. 횡단보도에 서서 잠시 숨을 하악, 내쉬었다. 흰 고양이 한 마리가 앞장서 인도하듯 나를 가로질러 갔지만, 이내 자신만의 어둠 속으로 자취를 감추었다. 그리고 리듬. 나는 걸으며 내 발걸음에 따라붙는, 그녀가 내 곁을 떠난 뒤부터 내 귀를 울려 대는 유일무이한 리듬에 귀를 기울였다. 쿵 쿵 착, 쿵 쿵 착, 골목에 늘어선 집들이 일제히 제 몸을 흔들며 리듬을 타고 있었다. 반주를 넣듯 택시들이 쏴아, 총알처럼 지나갔다. 가로등 조명에 제 몸을 들킨 서툰 빗방울들이 하수구를 따라 흘러갔다.

쓰레기 몇 개가 빗물에 얹혀 미끄러지기도 했고…….

걸었다. 걸으며 타인의 주머니에 대해 생각했다. 지난 한두 달, 이쪽에서 저쪽까지 골목을 오가며 기억의 채취를 찾는 일에 골몰해왔다. 마치 시골 농부가 잃어버린 소 한 마리를 찾아 헤매듯이. 그러다가 희고 퀭한 해골 하나를 만났다. 나는 그것의 정체를 알지 못했으므로 해골을 씻고 침대에 눕히며 소일했다. 때론 그것을 두드리기도 했다. 오래지 않아 해골은 나와 한 몸이 되려는 것처럼 순응했다. 절망의 깊은 나락까지 추락하여 돌아온 날에도 해골은 어김없이 침대에 누워 나를 반겼다. 그것이 내가 되었다고 생각했을 때 나는 버리기로 결심했다. 아니, 처음 있던 자리로 돌려놓는 것이다. 왜 갑자기 그런 생각이 들었는지는 모르겠다. 충동적으로 이사를 결정했듯이, 집착으로부터 벗어나 자유롭기 위해서는 골, 너를 버려야 한다. 입지 않게 된 옷들처럼, 헌 신발처럼. 이제 영원이라는 굴레에서 빠져나와 둥지처럼 머물던 공간을 떠나야 한다. 아마 달도 그러했을 것이다. 세계를 이루는 원자들이 우주의 등성이를 따라 끝없이 모양과 성질을 바꾸어가듯이, 오래된 기억과 공간에서 자유로울 때 피조물들은 비로소 자유를 얻는다. 며칠 전 밤, 주차장 한켠에 엎어져 죽은 이방인 사내처럼.

공터는 물에 잠긴 듯 조용했다. 골을 내려놓고 달의 집 반대 방향으로 서서 노란 오줌을 누었다. 그녀의 방에는 불이 환하게 켜져 있었다. 그녀는 무엇을 하고 있을까. 다시 해골을 등에 업은 채 나는 마지막으로 그녀의 모습을 보았으면 좋겠다고 생각했다. 저 붉은 집 3층에 그녀의 작은 몸이 살아 숨 쉬고 있다. 저기서 밥을 먹고 책을 읽고 바깥을 바라보며 어두운 하늘을 바라보기도 할 것이다. 그녀를 보자. 얼굴이 작았던 그녀를, 얼굴이 하얬던 그녀를, 내 손으로 땅속에 매장했던 그녀를, 어느 날 갑자기 그만 내 곁을 떠나겠다고 중얼거린 뒤 사라진 존재를 보아야 한다. 생각이 거기에 미쳤을 때 갑자기 내 몸이 공중으로 붕 들려 올라갔다. 정확히는 내가 아니라 해골이 그랬다. 해골의 키가 거인처럼 쑥 커졌다. 해골의 키가 자랄 때 그와 한 몸처럼 붙어 있던 내 키도 함께 자라나 키다리 아저씨처럼 쑥쑥 시야를 넓혀갔다. 마침내 3층 높이로 키가 자라났을 때 해골인 동시에 너인 나는, 고개를 쭉 빼고서 희미하게 형광등 불이 켜진 그녀의 방을 엿보았다.

그녀는 침대에 단정하게 누워 있었다. 분명히 그녀였다. 흰 잠옷을 걸친 채 이불을 가슴까지 끌어올린 상태로 눈을 감고 잠들어 있었다. 어떤 고민도 즐거움도 없는 얼굴이었다. 태초부터 그 자리를 지키고 있었던 것처럼, 수백만 년간 지속된 잠에서 깨어나지 않는 그녀가 거기 있었다. 변한 것은 하나도 없었다. 그녀는 여전히 그 자리에 있고, 나는 밖에 서서 불 켜진 실내를 보고 있다. 6개월 전에도, 1년 전에도, 2년 전에도 나는 언제나 문밖에서 그녀를 보았다. 도대체 무엇이었을까. 지난 두 달 동안 나를 들끓게 했던 미혹은 어디서 비롯되었을까. 그것은 순식간에 내 삶을 전복시켰다. 나는 자신의 운명을 믿지 않았고 시간을 믿지 않았으며 공간에 대하여 공포심을 느꼈다. 매일 밤 나 자신으로부터 멀리 달아나기 위해 술을 마시고 해골을 두드렸다. 해골이 내는 리듬을, 거리와 길과 집들이 내는 소리를 피해 멀리 가고 싶었다. 그런데 그녀는 변함없이 그 자리에 있다. 나는 무엇으로부터 계속 뒷걸음질을 쳐온 것일까.

멀미를 할 것처럼 속이 울렁거렸다. 어지러워 눈을 감았다. 거대한 굉음이 고막을 후려치고 지나갔다. 세계가 무너졌다. 발밑을 단단하게 버티고 있던 해골이 무너지고 있었다. 뼈와 뼈를 이어주던 연골이 우두둑 떨어져 나가고 206개의 뼈들이 저마나 독립적으로 분리되어 땅바닥으로 흩어졌다. 내가 내 안으로 접혀 내려갔다. 머리뼈는 목뼈와 분리되었고 이마뼈와 마루뼈, 광대뼈 역시 제각각 분리되며 깨진 항아리처럼 와락 흩어졌다. 몸이

춥고 떨렸다. 집으로 돌아갈 시간이었다. 주변을 둘러보았다. 누군가 공터에 버리고 간 우산대가 눈에 띄었다. 우산의 뾰족한 부분을 이용해 땅을 파기 시작했다. 그녀가 사는 3층 벽돌집과 면한 담장 바로 밑이었다. 30분 가까이 땀을 뻘뻘 흘리며 흙을 파내자 비로소 깊고 아득한 구덩이 하나가 생겨났다. 나는 흩어진 206개의 뼈들을 주워 모아 구덩이 안쪽으로 던져 넣었다. 그런 다음 해골의 잔해 위에 흙을 덮었다.

집으로 돌아오면서 나는 생각했다. 한 존재가 한 존재를 떠난다는 것은 어떤 의미일까? 그것들은 흩어져 새롭게 결합되고 다시 에너지를 방출한다. 그러므로 슬픔과 기쁨은 영원 속에서 모양을 바꾼 채 순환한다. 슬프다는 감정은 무엇일까. 행복을 찾는다는 말은 어떤 의미일까. 삶에 대한 간절함이 인간의 숙명이라면 이제는 그것을 받아들일 때가 됐다고 생각했다. 삶이란 요란하지도 않고 영원히 슬프지도 않은 것이다. 시간을 견디는 일의 다른 이름이다. 집으로 돌아가는 길에 어디든 들러 맥주를 마셔야겠다. 지상에 썩지 않는 맥주가 있어 정말 다행이었다. 그녀가 갔다, 라고 적는다. 아니, 한 존재가 사라졌다. 그러나 그것은 내 시야 속에서 소멸했을 뿐이다. 이 공간 어딘가에서, 다른 시간 속에서 그녀의 삶은 계속된다. 내 삶도 그러할 것이다. 우리는 그 자체로 고독한 존재이기 때문이다. 그것은 신이 내린 유일한 형벌이다. 유일한 보상이다. 충분히 사랑한 사람은 충분히 보상 받는다. 완벽함의 달성이 아니라 완벽함을 향해 가는 과정이 인생이기 때문이다. 나는 손을 내밀고 3층, 제 방 침대에 누운 한 여인에게 입을 맞춘다. 불멸의 입맞춤이 지나간 뒤에 상처는 내부로부터 무너져 내린다. 그것은 다시는 깨어나지 않을 깊은 고독 속으로 침몰한다. 봄이 와도 그 자리엔 어떤 꽃도 피지 않을 것이다.

너의 자리로 돌아가자. 오늘 하루는 취해도 좋을 것 같았다. 나는 달이라는 한 여인을 알고 있다. 어쩌면 달이라는 이름은 사랑에 빠진 모든 심장의 이름일지도 모른다. 나는 한때 그것을 완벽하게 소유했고 여전히 무수한 공간 속에 그런 기억이 중첩되어 있다. 시간은 어떠한 경우에도 멈추는 법이 없다. 그러므로 인간은 앞으로 나아가야 하고, 추억은 갱신되어야 한다. 문득 서서 되돌아볼 때가 있다. 그러나 머물지 않아야 한다. 그림자는 언제나 같은 방향을 가리키지 않는다. 자괴감이 들어도 변명하지 말아야 한다. 허공에 중심을 세우고 스스로 우뚝 서는 법을 배워야 한다. 태양이 웃는 소리가 들리는 곳으로, 달빛이 더는 그림자를 감싸지 않아도 되는 곳으로, 짐승들이 더는 네발로 걷지 않아도 되는 골목의 평화 속으로, 2층 여자가 더는 소리를 지르지 않아도 되는 고독 속으로, 무 구덩이 속에 앉아 꿈꾸는 미래로, 완벽한 이상 속으로 달려가는 한 마리 소처럼, 불 꺼진 던킨도너츠 가게 유리에 비친 내 얼굴을 잠깐 바라보다가 나는 뛰기 시작했다.

"美味傷"

얼마나 달렸을까. 고개를 들었을 때 불 켜진 미미상이 보였다. 자정이 넘었는데 불이 켜져 있는 미미상은 처음 본다. 가게 입구의 붉은 조명이 조어등처럼 나를 끌어당겼다. 나는 있는 힘껏, 내가 낼 수 있는 최대치의 에너지를 쏟아내며 헤엄쳐 갔다. 한 마리 물고기처럼, 내 몸은 이쪽에서 저쪽으로 시간과 공간을 넘어 다른 시공 속으로 틈입해 들어갔다. 가게 입구에 서자 어떤 요리의 향이 코를 자극했다. 익숙한 냄새지만 나는 그 냄새를 맡은 기억이 없다. 이것을 어떻게 설명할 수 있을까? 불빛에 드러난 내 그림자를 질질 끌고 한 발 두 발 계단으로 내려갈 때 텅 텅, 발걸음 소리가 리듬을 타며 골목 바깥으로 새어 나갔다. 마침내 계단을 다 내려갔을 때 거기 전에 본 적 있는 어깨와 입꼬리와 허리와 미소와 말씨를 지닌 주인 여자가, 마치 내가 올 것을 예상이나 했다는 듯이 아무도 없는 가게 안쪽에 우두커니 서 있다가 눈인사를 건넸다.

"어서 오세요. 밖은 여전히 춥죠?"

# 작가의 말

1.

상원사에 갔다가 〈십우도〉를 본 뒤

소설로 형상화해보리라 마음먹은 적이 있다.

오늘 그것을 이루었다.


2.

소설가가 되기 전부터 궁금했다.


내가 사랑 이야기를 쓴다면

어떤 모양과 빛깔을 갖게 될지.

나는 숱한 위선의 순간을 건너왔으므로
사랑에 대하여 지고지순하다 말을 할 수 없다.

그러므로 1천 개의 꽃과 바늘과 벌레와
1만 개의 배반을 지나왔다고 말할 수 없다.

(당신들과 만찬가지로)

하니,
누가 그것에 대하여 내게 말해다오.

추운 날 우리가 얼마나 자주
미미상 앞을 서성였는지.

마흔의 끝자락에 닿았는데
나는 여전히 그것을 모르겠다.

2020년 6월 목동 시절

권정현